BUZZ

© 2022, Buzz Editora
© 2008, James Patterson
Título original: *Sundays at Tiffany's*
Publicado mediante acordo com Kaplan/DeFiore Rights, por intermédio
da Agência Literária Riff.

Publisher ANDERSON CAVALCANTE
Editora TAMIRES VON ATZINGEN
Assistente editorial JOÃO LUCAS Z. KOSCE
Estagiária LETÍCIA SARACINI
Tradução CÁSSIA ZANON
Preparação SILVIA MASSIMINI FELIX
Revisão LIGIA ALVES, CRISTIANE MARUYAMA
Projeto gráfico ESTÚDIO GRIFO
Assistente de design NATHALIA NAVARRO
Foto de capa ERVIN-EDWARD/SHUTTERSTOCK

*Nesta edição, respeitou-se o novo Acordo Ortográfico
da Língua Portuguesa.*

Dados Internacionais de Catalogação na Publicação (CIP)
de acordo com o ISBD

P317d
    Patterson, James
    Doce imaginação / James Patterson, Gabrielle Charbonnet;
    Traduzido por Cássia Zanon.
    São Paulo: Buzz Editora, 2022.
    256 pp.
    Título original: *Sundays at Tiffany's*

    ISBN 978-65-89623-44-1

    1. Literatura americana. 2. Romance. I. Charbonnet, Gabrielle.
    II. Zanon, Cássia. III. Título.

2022-770   CDD 813.5
                              CDU 821.111(73)-31

Elaborado por Odilio Hilario Moreira Junior CRB-8/9949
Índice para catálogo sistemático:
1. Literatura americana: Romance 813.5
2. Literatura americana: Romance 821.111(73)-31

Todos os direitos reservados à:
Buzz Editora Ltda.
Av. Paulista, 726 – mezanino
CEP: 01310-100 – São Paulo/ SP
[55 11] 4171 2317 | 4171 2318
contato@buzzeditora.com.br
www.buzzeditora.com.br

Doce imaginação

James Patterson
& Gabrielle Charbonnet

Porque o amor verdadeiro resiste ao tempo

Quando meu filho, Jack, tinha quatro anos, precisei fazer uma viagem a Los Angeles. Perguntei se ele ia sentir minha falta. "Não muita", Jack me disse. "Você não vai sentir minha falta?", perguntei. Jack balançou a cabeça e respondeu: "Amar significa que a gente nunca pode se separar". Acho que essa é a base sobre a qual esta história foi construída, e creio que ela gire em torno da crença de que nada é mais importante na vida do que dar e receber amor. Pelo menos essa tem sido minha experiência.

Então, este livro é para você, Jack, meu filho sábio, com muito amor. E para Suzie – sua mãe, minha melhor amiga e esposa, tudo ao mesmo tempo.

E, finalmente, para Richard DiLallo, que ajudou tremendamente num ponto-chave no desenvolvimento da história final.

J. P.

PRÓLOGO

O Michael da Jane

Michael estava correndo o mais rápido que podia, voando pelas ruas congestionadas para chegar ao hospital de Nova York – *Jane estava morrendo lá* –, quando de repente uma cena do passado voltou à sua mente, uma onda estonteante de lembranças avassaladoras que quase o derrubou. Ele se lembrou de estar sentado com Jane no Astor Court, no St. Regis Hotel, os dois em circunstâncias muito improváveis de se imaginar.

Ele se lembrou de tudo perfeitamente (do sundae de sorvete de café e calda de chocolate quente de Jane e do que os dois haviam conversado), como se a cena tivesse acontecido no dia anterior. Tudo aquilo era quase impossível de acreditar. Não, era definitivamente impossível de acreditar.

Exatamente como todos os outros mistérios insondáveis da vida, Michael não pôde deixar de pensar enquanto corria cada vez mais rápido; como o fato de Jane estar morrendo agora, depois de tudo o que eles haviam passado para ficar juntos.

PARTE UM

Era uma vez em Nova York

1

Cada detalhe daquelas tardes de domingo está guardado na minha memória, mas, em vez de falar sobre mim e Michael assim de cara, vou começar com o melhor, mais delicioso e possivelmente mais pecaminoso sundae do mundo, servido no St. Regis Hotel, na cidade de Nova York.

Era sempre a mesma coisa: duas bolas imensas de sorvete de café cobertas por um rio de calda de chocolate quente, do tipo que fica mais grossa e elástica quando toca no sorvete. Em cima de tudo, chantili *de verdade*. Mesmo aos oito anos eu sabia a diferença entre chantili de verdade e o produto não lácteo falso que se esguicha de uma lata.

À minha frente, na mesa do Astor Court, estava Michael: sem dúvida o homem mais bonito que eu conhecia, ou que *já tinha* conhecido, na verdade. Além disso, o mais legal, o mais gentil e provavelmente o mais inteligente.

Naquele dia, seus olhos verdes brilhantes me observaram contemplar o sundae com indisfarçável deleite enquanto o garçom de casaca branca o colocava diante de mim com uma lentidão tentadora.

Para Michael, uma tigela de vidro transparente com bolas de melão e sorbet de limão. Sua capacidade de negar a si mesmo o prazer de um sundae era algo que meu cérebro infantil não conseguia entender.

"Muito obrigado", disse Michael, acrescentando o item "extrema educação" à sua lista de qualidades invejáveis.

Ao que o garçom respondeu... nem uma palavra.

O Astor Court era o lugar certo para uma sobremesa sofisticada no St. Regis Hotel. Naquela tarde, o salão estava cheio de pessoas que pareciam importantes tendo conversas que pareciam importantes. Ao fundo, dois violinistas dignos de uma sinfonia tocavam seus instrumentos como se estivessem no Lincoln Center.

"Muito bem", disse Michael. "Está na hora de jogar o jogo de Jane e Michael."

Bati palmas, com os olhos brilhando.

Funcionava assim: um de nós apontava para uma mesa e o outro tinha de inventar coisas sobre as pessoas sentadas ali. O perdedor pagava a sobremesa.

"Comece", pediu ele, apontando. Olhei para as três adolescentes trajando vestidos de linho amarelo pálido quase idênticos.

Sem hesitar, eu disse: "Debutantes. Primeira temporada. Acabaram de se formar no Ensino Médio. Mas talvez em Connecticut. Possivelmente – provavelmente – Greenwich".

Michael inclinou a cabeça para trás e riu.

"Você definitivamente está passando tempo demais com adultos. Mas muito bom, Jane. Ponto para você."

"Muito bem", gesticulei em direção a outra mesa. "Aquele casal ali. Aqueles que se parecem com os Cleaver da série *Leave it to Beaver*. Qual é a história deles?"

O homem vestia um terno xadrez cinza e azul; a mulher, um casaco rosa brilhante com uma saia verde pregueada.

"Marido e mulher da Carolina do Norte", Michael começou no mesmo instante. "Com muito dinheiro. São donos de uma rede de tabacarias. Ele está aqui a negócios. Ela veio fazer compras. Agora ele está dizendo a ela que quer o divórcio."

"Ah", eu disse, olhando para a mesa. Soltei um suspiro profundo, depois tomei outra colher de sundae e deixei os sabores se espalharem na minha boca. "É, acho que todo mundo se divorcia."

Michael mordeu o lábio.

"Ah. Espere, Jane. Entendi tudo errado. Ele *não* está pedindo o divórcio. Ele está dizendo a ela que tem uma surpresa. Ele providenciou para que os dois façam um cruzeiro. Para a Europa no *Queen Elizabeth 2*. É a segunda lua de mel deles."

"É uma história muito melhor", comemorei, sorrindo. "Você ganhou um ponto. Excelente."

Olhei para o meu prato e vi que, de alguma forma, meu sundae havia desaparecido por completo, como sempre acontecia.

Michael olhou ao redor da sala com um ar dramático.

"Aqui há um que você não vai conseguir", disse ele.

Ele apontou para um homem e uma mulher a apenas duas mesas de distância.

Olhei para eles.

A mulher tinha cerca de quarenta anos, estava bem-vestida e era incrivelmente bonita. Podia ser confundida com uma atriz de cinema. Ela usava um vestido de grife vermelho forte, sapatos combinando, e tinha uma grande carteira preta. Tudo nela dizia *olhe para mim!*

O homem com quem ela estava era mais jovem, pálido e muito magro. Ele vestia um blazer azul e um lenço de seda estampado, que acho que ninguém usava mais mesmo *naquela* época. Ele agitava os braços com entusiasmo enquanto falava.

"Isso não é engraçado", eu disse, mas não pude deixar de sorrir e revirar os olhos.

Porque, é claro, o casal eram minha mãe, Vivienne Margaux, a famosa produtora da Broadway, e o cabeleireiro famoso daquele ano, Jason. Jason, a flor de estufa, que não tinha tempo para um sobrenome.

Olhei para eles de novo. Uma coisa era certa: minha mãe *era* linda o suficiente para ser atriz. Uma vez, quando perguntei por que não havia se tornado uma, ela disse: "Querida, eu não quero *passear* no trem; quero *guiar* o trem".

Todos os domingos à tarde, quando Michael e eu comíamos nossa sobremesa no St. Regis, minha mãe e um amigo também comiam sobremesa e tomavam café lá. Assim ela podia fofocar, reclamar ou fazer negócios, mas ainda ficar de olho em mim, sem realmente ter de estar *comigo*.

Depois do St. Regis, terminávamos nossos domingos na joalheria Tiffany. Minha mãe adorava diamantes, usava-os em todos os lugares, colecionava-os como outras pessoas colecionam unicórnios de cristal ou aqueles estranhos gatos japoneses de cerâmica com uma pata no ar.

Claro que naqueles domingos eu ficava bem, porque tinha Michael como companhia. Michael, que era meu melhor amigo no mundo, talvez meu único amigo, quando eu tinha oito anos.

Meu amigo imaginário.

2

Eu me aproximei mais de Michael em nossa mesa.

"Quer saber uma coisa?", perguntei. "É meio que uma chatice."

"O que foi?", ele perguntou.

"Acho que sei do que minha mãe e Jason estão falando. É do Howard. Acho que Vivienne está cansada dele. Vai trocar o velho por um novo."

Howard era meu padrasto, o *terceiro* marido da minha mãe. O terceiro que eu soubesse, pelo menos.

O primeiro marido dela era um tenista profissional de Palm Beach. Ele durou apenas um ano. Então veio Kenneth, meu pai. Ele se saiu melhor do que o tenista, durando três anos. Era muito querido, e eu o amava, mas viajava muito a trabalho. Às vezes eu sentia como se ele tivesse se esquecido de mim. Eu tinha ouvido minha mãe dizer a Jason que ele havia sido "um molenga". Ela não sabia que eu tinha escutado isso.

Ela disse: "Ele era um molengão bonito que nunca será nada na vida".

Howard já estava na vida dela fazia dois anos. Ele nunca viajava a trabalho e não parecia ter um emprego, a não ser ajudar Vivienne. Ele massageava seus pés quando ela estava cansada, verificava se a comida estava sem sal e se certificava de que nosso carro e motorista estivessem sempre a postos.

"Por que você acha isso?", Michael perguntou.

"Coisinhas", respondi. "Tipo, Vivienne costumava comprar coisas para ele o tempo todo. Mocassins chiques de Paul Stuart e gravatas da Bergdorf Goodman's. Mas faz muito tempo que ela não dá nada a ele. E ontem à noite ela comeu em casa. Sozinha. Comigo. Howard nem estava lá."

"Onde ele estava?", Michael perguntou. Dava para ver a simpatia e a preocupação nos olhos dele.

"Não sei. Quando perguntei a Vivienne, ela respondeu simplesmente: 'Quem sabe e quem se importa?'" Imitei a voz da minha mãe e balancei a cabeça. "Muito bem", eu disse. "Novo assunto. Adivinhe que dia é terça-feira."

Michael fez cara de pensativo

"Não tenho ideia."

"Qual é. Você sabe perfeitamente bem. Você *sabe*, Michael. Não tem graça."

"Dia dos Namorados?"

"Pare com isso!", eu disse, chutando-o suavemente por baixo da mesa. Ele sorriu. "Você sabe o que é terça-feira. Você tem que saber. É meu aniversário!"

"Ah, é. Nossa, você está ficando *velha*, Jane."

Concordei.

"Acho que minha mãe vai dar uma festa para mim."

"Humm", fez Michael.

"Bem, de qualquer maneira, eu não me importo com uma festa, para ser sincera. O que eu quero mesmo é um cachorrinho de verdade."

Michael assentiu com a cabeça.

"O gato comeu sua...", comecei a dizer, mas parei no meio da frase.

Com o canto do olho, vi Vivienne assinando o cheque. Num minuto ela e Jason estariam ao lado da nossa mesa, me levando para fora dali. Aquele domingo no St. Regis estava chegando ao fim. Tinha sido mais uma tarde maravilhosa para mim e Michael.

"Lá vem ela, Michael", sussurrei. "Fique invisível."

3

Vivienne caminhou na direção de nossa mesa como se fosse a dona do St. Regis. Jason vinha atrás dela. Ninguém no Astor Court acreditaria que aquela bela mulher com a maquiagem perfeita, a pele perfeita, o bronzeado perfeito tinha alguma relação com a menina rechonchuda de oito anos de idade com cabelo crespo e manchas de calda de chocolate em ambas as bochechas.

Mas lá estávamos nós. Mãe e filha.

Vivienne me deu um beijo no rosto e então começou a trabalhar. A trabalhar em mim.

"Jane-Querida..." Ela quase sempre me chamava assim. "Jane-Querida", como se esse fosse mesmo meu nome. "Você sempre precisa pedir duas sobremesas?"

Jason, o cabeleireiro famoso, tentou ajudar.

"Bem, Vivienne, a segunda sobremesa foi melão. Isso não é tão ruim. É carboidrato, é claro, mas..."

"Jane-Querida, nós já conversamos sobre seu peso...", minha mãe começou.

"Eu só tenho oito anos", respondi. "Que tal eu prometer ser anoréxica mais tarde?"

Michael riu tanto que quase caiu da cadeira.

Até Jason sorriu.

Vivienne não moveu um músculo facial. Ela estava sempre tentando não franzir a testa porque não queria ter rugas antes do tempo. Digamos, com noventa ou mais.

"Não seja precoce comigo, Jane-Querida." Ela se virou para Jason. "Ela lê livros demais."

Sim, sou terrível nisso, pensei. Vivienne se voltou para mim. "Vamos discutir seus hábitos alimentares em casa. Em particular."

"De qualquer forma", eu disse a ela, "aquele melão nem é meu. Foi Michael quem pediu."

"Ah, sim", retrucou Vivienne, parecendo entediada, "Michael, o incrível e sempre presente amigo imaginário." Ela se dirigiu à cadeira ao lado da minha, que estava vazia.

Michael estava do meu outro lado.

"Olá, Michael. Como você está hoje?"

"Olá, Vivienne", disse Michael, sabendo que ela não podia vê--lo ou ouvi-lo. "Estou ótimo, obrigado."

De repente, senti Jason puxando um punhado do meu cabelo.

"Ei!", protestei.

"Precisamos fazer alguma coisa quanto a isso", observou ele. "Vivienne, me dê uma hora com esse cabelo. Não há razão para alguém andar por aí assim. Ela vai sair parecendo uma modelo da *Vogue*."

"Que ótimo", disse Michael. "Exatamente do que o mundo precisa: uma criança de oito anos que se pareça com uma modelo da *Voguc*."

Eu me encolhi e puxei meu cabelo para longe de Jason.

"Venha, Jane-Querida", disse Vivienne. "Há um ensaio com o elenco completo esta noite, e eu preciso dar uma olhada." Seu último grande musical da Broadway, *O problema com o Kansas*, estrearia em alguns dias.

"Mas primeiro podemos passar na Tiffany, como sempre fazemos, querida. Nosso tempo juntas."

"E o cabelo da Jane?", Jason perguntou. "Quando posso agendar a transformação dela?"

Michael balançou a cabeça.

"Você é perfeita do jeito que é, Jane. Não precisa de uma transformação. Nunca vá se esquecer disso."

"Não vou", disse eu.

"Não vai o quê?", perguntou Vivienne. Ela pegou um guardanapo, mergulhou-o no meu copo d'água e limpou a calda de chocolate do meu rosto. "Uma transformação é uma ótima ideia, Jane-Querida. Pode haver uma grande festa chique no seu futuro."

Ela se lembrou! Uma festa de aniversário!, eu pensei, e de repente a perdoei por todo o resto.

"Venha agora. Estou ouvindo o chamado da Tiffany." Vivienne girou nos saltos de quinze centímetros e se dirigiu para a saída, com Jason logo atrás dela.

Michael e eu nos levantamos. Ele se inclinou e beijou o topo da minha cabeça, bem no cabelo crespo que deixava Jason tão incomodado.

"Até amanhã", disse ele. "Já estou com saudade."

"Já estou com saudade também."

Olhei para a frente e vi as pernas magras e bronzeadas da minha mãe desaparecendo pela porta giratória do St. Regis. Ela olhou para trás.

"Jane-Querida, venha! Tiffany."

Corri para alcançá-la.

Eu estava sempre fazendo isso.

4

Pobre, pobre, pobre Jane! Pobre menininha!

Na manhã seguinte, Michael estava esperando do lado de fora do luxuoso prédio de Jane na Park Avenue, como sempre fazia. Era bom que ele fosse invisível: sua calça de veludo cotelê enrugada, a camisa de golfe amarela desbotada e os mocassins não combinariam com esse bairro caro.

Ele estava pensando em algo incrível que Jane dissera quando tinha apenas quatro anos de idade. Vivienne estava partindo para passar um mês na Europa. Ele estava preocupado sobre como Jane lidaria com isso. Mas Jane deu de ombros: "Amar significa que a gente nunca pode se separar". Michael sabia que nunca se esqueceria disso – menos ainda vindo da boca e do cérebro de uma criança de quatro anos. Mas essa era Jane, não era? Ela era uma garota incrível.

O que ele ia fazer sozinho naquele dia encantador enquanto Jane estava trancada na escola?

Talvez tomasse um grande café da manhã no Olympia Diner – panquecas, salsichas, ovos e muitas torradas de centeio com manteiga. Poderia até se reunir com alguns outros amigos imaginários que trabalhavam na vizinhança.

Quais eram exatamente os deveres de um amigo imaginário? Basicamente, facilitar que a criança se encaixasse no mundo sem se sentir muito sozinha ou com medo.

Carga horária? A que fosse necessária. *Benefícios?* O amor incrivelmente puro entre uma criança e um amigo imaginário.

Não ficava melhor do que isso. *Onde ele se encaixava no grande plano cósmico?* Bem, ninguém nunca tinha dito a ele.

Michael olhou para o relógio, um Timex antigo que continuava funcionando exatamente como os anúncios prometiam. Eram exatamente 8h29. Jane desceria às 8h30, como em todas as manhãs dos outros dias da semana. Jane nunca deixava ninguém esperando. Uma querida.

Então ele a viu, mas fingiu não ver, como sempre.

"Peguei você!", disse ela, envolvendo os braços em volta da cintura dele.

"Opa!", exclamou Michael. "Você é mais sorrateira do que um batedor de carteira de *Oliver Twist*."

Jane sorriu, o sorriso iluminando o rostinho que ele não se cansava de admirar. Ela pendurou a mochila no ombrinho, e os dois seguiram a caminho da escola.

"Eu não estava exatamente me escondendo", disse ela. "Você estava perdido em algum lugar interessante nos seus pensamentos." Jane tinha um jeito fofo de falar pelo canto da boca quando estava com ele para que as pessoas não achassem que ela era maluca. Às vezes ele deixava que as pessoas o vissem; às vezes não. Ela nunca poderia ter certeza de qual era – ou por quê. "A vida é um mistério", ele dizia.

Assim que os dois saíram da vista do porteiro, ela segurou sua mão. Michael amava isso de um jeito que não conseguia definir. Fazia com que se sentisse como... ele não sabia. Um pai?

"O que Raoul fez para o seu almoço?", ele perguntou. "Espere, deixe que eu adivinhe. Pão multigrãos com nozes e frutas secas, alface murcha e maionese de três dias?"

Jane puxou a mão dele.

"Você é um pateta", disse ela.

"Nah, eu sou espirituoso."

"Está mais para tonto", Jane riu.

Alguns minutos depois – cedo demais –, eles estavam nos altos e imponentes portões da escola, a apenas um quarteirão e meio do prédio de Jane. A entrada era um mar de meninas com macacões azul-marinho e blusas brancas simples. Todas usavam sapatos de boneca ou mocassins e meias soquetes.

"Amanhã é o dia especial", disse Jane, baixando os olhos para os sapatos para que as colegas não a vissem conversando com um amigo imaginário. "Talvez eu ganhe meu cachorrinho. Eu nem me importo mais com o tipo. Talvez ele vá estar na minha festa. Mas primeiro precisamos ver *O problema com o Kansas*. E você está convidado, é claro."

O sinal da escola tocou.

"Ótimo. Não vejo a hora de ver essa peça. Agora entre, que estarei de volta às três para buscá-la. Como de costume."

"Tudo bem", ela disse. "Podemos conversar sobre o que vamos vestir amanhã à noite."

"Sim, você pode ajudar a escolher algumas roupas chiques para mim. Para eu não fazer você passar vergonha."

Os olhos de Jane encontraram os dele diretamente. Por uma fração de segundo, Michael teve uma ideia de como exatamente ela seria quando crescesse – o rosto sério, o sorriso caloroso, aqueles olhos inteligentes que chegavam até a alma dele.

"Você *nunca* me faria passar vergonha, Michael."

Ela largou a mão dele e correu em direção ao prédio da escola. Michael não piscou até que viu a cabeça de cachos loiros dela desaparecer por trás da porta. Então esperou. Jane espiou de novo, como sempre fazia. Ela acenou, sorriu e então desapareceu de vez. De repente, Michael *precisou* piscar. Várias vezes, na verdade. Ele se sentia como se um gigante estivesse pisando no seu peito. Sentiu o coração doer de verdade. Como ia dizer a Jane que precisava deixá-la no dia seguinte?

Esse era outro *dever* de um amigo imaginário, e possivelmente o pior.

5

Nunca vou me esquecer daquele dia, da mesma forma que alguém que sobreviveu ao *Titanic* não consegue simplesmente tirar isso da sua linda cabecinha. As pessoas sempre se lembram do pior dia da sua vida. Torna-se uma parte delas para sempre. Assim, eu me lembro do meu nono aniversário com uma clareza absoluta.

Naquele dia, depois da escola, Michael e eu nos arrumamos. Em seguida, fomos ao teatro e nos sentamos em nossos assentos VIP para a estreia da peça *O problema com o Kansas*. Como eu não tinha visto Vivienne o dia todo, ela ainda não tivera a chance de me desejar feliz aniversário. Mas Michael me buscou na escola com flores. Lembro de como isso me fez sentir adulta. Aquelas rosas cor de damasco eram a coisa mais linda que eu já tinha visto.

Quase não me lembro da peça, mas sei que o público riu, chorou e se emocionou nos momentos certos. Michael e eu demos as mãos, e eu senti uma vibração intensa no peito. Tudo de bom estava para acontecer: era minha vez. Uma festa de aniversário, com sorte um cachorrinho, Michael comigo, minha mãe feliz com a peça. Tudo parecia maravilhoso, tudo parecia possível.

Na hora dos agradecimentos, Vivienne subiu ao palco com o elenco. Ela fingiu ser tímida e estar chocada por todos terem gostado tanto do seu novo espetáculo. Ela fez uma reverência, e o público se levantou e bateu palmas. Eu também me levantei e bati palmas com força. Eu a amava tanto que mal podia suportar. Algum dia ela me amaria de volta da mesma forma, eu tinha certeza disso.

Então chegou a hora da minha festa de aniversário no nosso apartamento. *Finalmente!*

As primeiras pessoas a chegar foram os dançarinos da peça da minha mãe. Eu podia ter previsto isso. Eles não ganham muito dinheiro e provavelmente estavam morrendo de fome depois de dançar tanto. No hall de entrada com o piso de mármore preto e branco, um grupo estava tirando os casacos, revelando corpos em forma de palito. Mesmo aos nove anos, eu sabia que nunca seria assim.

"Você deve ser a filha da Vivienne", lançou uma delas. "Jill, certo?"

"Jane", respondi, mas sorri para mostrar que não era uma pirralha total.

"Eu não sabia que Vivienne tinha uma filha", disse uma das outras figuras-palito. "Olá, Jane. Você tem uma beleza de uma flor prestes a desabrochar."

O bando de gazelas passou para a imensa sala de estar, e eu fiquei ali pensando se já tinha visto um botão que se qualificava como gracinha.

"Santo Stephen Sondheim!", disse uma dançarina. "Eu sabia que Vivienne era rica, mas este lugar é maior que o Broadhurst Theatre."

Quando me virei novamente, parecia que havia cem pessoas na sala. Procurei por Michael e finalmente o vi parado perto do pianista.

A sala estava tão barulhenta quanto um teatro durante o intervalo.

Mal dava para ouvir o piano por causa das conversas em voz alta. Perto da porta da biblioteca, vi que Vivienne havia chegado, e ela estava conversando com um homem alto de cabelo grisalho vestindo um paletó de smoking e calça jeans. Eu o vira em alguns ensaios de *O problema com o Kansas* e sabia que era uma espécie de escritor. Os dois estavam muito próximos um do outro, e eu tive a sensação de que ele estava fazendo um teste para o papel de quarto marido de Vivienne. Eca.

Uma velhinha que fazia o papel da avó em *O problema com o Kansas* me fisgou com o cabo da sua bengala.

"Você parece uma garota legal", disse ela.

"Obrigada. Eu tento ser", respondi a ela. "Posso ajudar você com alguma coisa?"

"Eu queria saber se você poderia ir naquele bar ali e pegar um Jack Daniel's e água para mim", disse ela.

"Claro. Puro ou com gelo?"

"Minha nossa. Você *é* sofisticada. Será que você é uma anã?"

Dei risada e olhei para Michael. Ele estava sussurrando algo para o pianista. O que ele estava tramando?

Quando comecei a andar em direção a um dos bares, ouvi uma voz alta.

"Posso ter a atenção de todos, por favor?" Era o pianista, e o burburinho se acalmou imediatamente.

"Me disseram... e eu não sei bem quem foi... que este é um dia muito especial para alguém... Ela está fazendo nove anos hoje... A filha de Vivienne."

A filha de Vivienne. Era quem eu era.

Eu sorri, me sentindo feliz e constrangida ao mesmo tempo. Os olhos de todos se voltaram para mim. O protagonista do espetáculo me pegou e me ajeitou numa cadeira, e de repente eu estava mais alta do que todos na sala. Procurei por minha mãe, esperando que ela estivesse sorrindo com orgulho, mas não a vi em lugar algum.

O escritor também não estava por lá. Então a música começou, e todos cantaram "Parabéns pra você". Não há nada como ter um coro profissional da Broadway cantando "Parabéns pra você".

Acho que foi o "Parabéns pra você" mais lindo que ouvi na vida. Senti um arrepio percorrer meu corpo, e aquele provavelmente teria sido o momento mais feliz da minha vida se minha mãe estivesse lá para compartilhá-lo comigo.

Quando acabou, o simpático ator me pôs no chão, todos aplaudiram, e a festa voltou a ser uma festa de noite de estreia. A parte do aniversário tinha acabado.

Então ouvi uma voz familiar chamar meu nome. "Jane! Acho que conheço essa garota grande e bonita." Virei-me para ver meu pai, Kenneth. Ele parecia terrivelmente alto e ereto para alguém que deveria ser "um molenga".

"Papai!", eu gritei e corri para seus braços.

6

Deus, como eu adorava ser abraçada. Principalmente pelo meu pai. Ele passou os braços ao meu redor, e eu pude sentir o cheiro do ar frio e um leve toque da sua loção pós-barba. Inspirei fundo, tão feliz e aliviada por ele ter ido.

"Você não achou que eu me esqueceria do seu nono aniversário, achou?", meu pai perguntou. Ele se afastou de mim e puxou minha mão. "Muito bem, rápido, para o hall de entrada. Se sua mãe descobrir que eu invadi a festa dela, vai pirar."

"Vai ter gente para pegá-la se isso acontecer", eu disse. "Mas nem tenho certeza de que ela ainda está aqui."

Abrimos caminho em meio às pessoas, eu segurando a mão do meu pai, e no hall de entrada havia duas surpresas: uma grande caixa com uma fita amarela – e a namorada atual do meu pai. Lembrei-me de Vivienne dizendo algo sobre os peitos de Ellie, sobre como não eram de verdade, mas não fazia ideia do que ela estava falando.

"Você se lembra de Ellie, não é, Jane?", papai perguntou.

"Arrã. Oi, Ellie. Que bom que você veio."

Anos de aulas de etiqueta serviam para essas situações.

"Feliz aniversário, Jane", cumprimentou ela. Ellie era muito loira e bonita, e parecia muito mais jovem do que minha mãe. Eu sabia que Vivienne chamava Ellie de "a colegial" sempre que seu nome era mencionado.

"Abra seu presente", disse meu pai. "Ellie ajudou a escolher."

Puxei a fita amarela, e ela se desfez imediatamente. Dentro, havia muito papel de seda, e eu percorri toda animada meu caminho através dele. Meus dedos tocaram em algo macio e aveludado – mas não vivo.

Enfiei a mão e tirei de dentro da caixa o maior *e mais roxo* poodle de pelúcia que eu já havia visto na vida. Ele tinha um topete fofo na cabeça, um colar de *strass* e um pingente dourado em forma de coração que dizia "Gigi".

Basicamente o oposto absoluto do cachorrinho que eu queria.

"Obrigada, papai", falei, com um grande sorriso no rosto. "É tão divertido!" Tentei afastar todos os pensamentos de um cachorrinho verdadeiro, quente e brincalhão que seria meu, todo meu, da minha mente. *Nada de cachorro de verdade... mas um poodle roxo de pelúcia.*

"Agradeça à Ellie também", recomendou o papai.

"Obrigada, Ellie", eu disse educadamente, e ela se inclinou e me beijou. Reconheci o perfume dela: Chanel N° 5. Meu pai costumava dar para minha mãe.

Eu me perguntei se Ellie sabia.

"Muito bem", meu pai disse, levantando-se. "Agora, vamos para Nantucket."

Eu senti meu coração pular.

"*Nós vamos?*", quase gritei.

Ellie e meu pai se entreolharam sem jeito.

"Não, querida", desculpou-se meu pai. "Eu quis dizer que Ellie e eu vamos para Nantucket. Sua mãe me mataria se eu tirasse você da sua festa de aniversário."

Sim, tenho certeza de que ela notaria, pensei com tristeza.

"Eu entendo", falei, tentando não chorar. "É que eu amo Nantucket. Eu realmente amo Nantucket. E o Michael também."

"Nós vamos para lá de novo, Jane. Eu prometo", disse meu pai. "E seu amigo Michael pode vir também."

Tenho certeza de que ele estava sendo sincero, pois meu pai nunca dizia nada que não fosse sincero. Mas fiquei muito triste ao vê-lo ajudar Ellie a vestir o casaco.

"Você vai ficar bem?", Ellie perguntou. Na verdade, eu gostava dela. Ela sempre era muito gentil comigo. Eu esperava que meu pai se casasse logo com ela. Ele precisava de abraços também. Todo mundo precisa. Talvez até Vivienne precisasse.

"Claro. É meu aniversário! Quem não fica bem no próprio aniversário?"

Nós nos abraçamos. Nós nos beijamos. Nós nos despedimos. E então meu pai e Ellie entraram no elevador e saíram noite adentro, a caminho de Nantucket.

A festa da noite de estreia estava a todo vapor. Era como se ninguém tivesse cantado "Parabéns pra você" poucos minutos antes. Não havia motivo para eu ficar.

Atravessei a multidão de adultos e finalmente corri pelo corredor longo, com carpete grosso e silencioso que levava ao meu quarto. Bati a porta atrás de mim e me joguei na cama, enterrando o rosto no travesseiro. Ali, sem ninguém para me ver, comecei a chorar como o maior bebê chorão do mundo.

Então a porta se abriu.

Era Michael. Graças a Deus, era Michael. Ele tinha ido me salvar.

7

Jane estava soluçando em sua cama sozinha quando ele entrou. Ela com certeza não parecia uma aniversariante. Mas, também, por que pareceria, pobrezinha?

Michael suspirou, sentou-se ao lado dela e passou os braços em volta da garotinha que não merecia ser magoada daquela forma. Nenhuma criança merecia.

"Está tudo bem, querida. Deixe tudo sair", ele sussurrou contra o cabelo dela, que sempre cheirava a xampu Johnson. Agora aquele era um dos aromas favoritos dele.

"Está bem. Mas foi você quem pediu."

Fungando, com o rostinho coberto de lágrimas, Jane tirou os sapatos e os deixou cair no chão.

"Acho que Vivienne se esqueceu totalmente do meu aniversário", disse ela, e estremeceu com o resto das lágrimas. "E meu pai veio, o que foi bom, mas ele saiu uns dois minutos depois de chegar. E ele estava indo para Nantucket, meu lugar preferido no mundo! Sem mim! E eu também não ganhei um cachorrinho."

Jane segurou o poodle roxo contra a bochecha.

Ele havia notado que ela costumava aninhar objetos ao seu redor – um casaco de inverno, um travesseiro, um bicho de pelúcia. Ela tinha muitos abraços para dar, mas não havia gente suficiente para recebê-los.

"Você é um bom ouvinte", disse ela, com uma última fungada. "Obrigada. Estou me sentindo melhor."

Michael olhou ao redor do quarto dela. Era pura Jane: pilhas de livros escritos para crianças bem mais velhas. Um saxofone de verdade no canto. Um grande pôster com palavras de vocabulário – em francês. Em cima da escrivaninha, uma foto autografada de Warren Beatty. Vivienne a trouxera de uma viagem de negócios de três meses a Los Angeles, durante a qual não voltara para casa nem uma única vez para ver a filha.

Agora Michael precisava falar com Jane. O lugar – seu quarto aconchegante, longe daquela festa idiota – não poderia ser melhor. O momento – logo depois de ela ter sido magoada pelo pai e pela mãe no dia do seu aniversário – não poderia ser pior.

"Você é uma garota incrível, incrível", disse Michael. "Sabia disso? Você precisa saber."

"Mais ou menos, mas só porque você me diz isso todos os dias", ela disse com um sorriso lacrimejante.

"Você é linda por dentro e por fora", continuou. "Você é incrivelmente inteligente. Culta. Engraçada. Atenciosa. E generosa. Você tem muito a dar."

De repente, Jane parecia muito alerta. Ele tinha acabado de dizer que ela era *inteligente* – e ela estava prestes a provar isso a ele, não estava?

"Michael, o que você está tentando dizer? O que está acontecendo? Alguma coisa ruim."

As pernas dele enfraqueceram, e sua visão ficou turva. *Por que agora? Por que Jane? Por que ele?*

"Você tem nove anos agora", ele se obrigou a dizer. "Você é uma menina crescida. E então... e então... eu vou deixar você esta noite, Jane. Eu preciso ir."

"Eu sei disso. Mas você vai estar de volta amanhã. Como sempre."

Michael engoliu em seco. Aquilo era impossível. Estava partindo o coração dele.

"Não, Jane. A questão é que eu nunca mais vou voltar. Eu não tenho escolha quanto a isso. É uma regra." Dizer aquelas palavras o fez se sentir pior do que nunca. Jane era especial. Ela era diferente. Ele não sabia por quê, só sabia que era. Pela primeira vez, a regra sobre quando deixar uma criança pareceu estúpida e injusta a Michael. Ele preferia morrer a causar tanta dor a Jane. Mas era verdade que ele não tinha escolha. Nunca tivera.

Ela não chorou, não moveu um músculo do rosto – assim como Vivienne. Ela olhou Michael diretamente nos olhos e não disse absolutamente nada. Havia uma quietude terrível nela que ele nunca tinha visto.

"Jane, você me ouviu?", ele finalmente precisou perguntar.

Houve uma pausa que pareceu durar uma eternidade.

"Eu não estou pronta para você ir embora", disse ela, e grandes lágrimas começaram a rolar pelo seu rosto mais uma vez. "Eu não estou pronta mesmo."

Quando ela agarrou um lenço de papel para limpar o nariz, ele viu que as mãozinhas dela tremiam. E *aquilo* acabou com ele. Aquelas mãozinhas delicadas tremendo sem controle. Era insuportável.

Droga, ele pensou. Então, ocorreu a ele uma ideia, mas era algo que ele nunca tinha feito antes, não com qualquer outra criança.

"Jane, eu vou contar um segredo para você. É um segredo que nunca contei a ninguém, e você também não pode contar a ninguém. *É o segredo dos amigos imaginários.*"

"Eu não quero ouvir seus segredos", disse ela, com a voz vacilante, mas Michael continuou.

"As crianças têm amigos imaginários para ajudar a guiá-las na vida. Nós ajudamos as crianças a se sentirem menos sozinhas, nós as ajudamos a encontrarem seu lugar no mundo, na sua família. Mas depois precisamos ir embora. *Precisamos.* Sempre foi assim e sempre será assim, Jane. É assim... que as coisas funcionam."

"Mas eu disse a você: *não estou preparada.*"

Michael contou a ela outro segredo.

"Assim que eu for embora, você nem vai se lembrar de mim, querida. Ninguém nunca se lembra. Se você pensar em mim, vou parecer só um sonho." Era a única coisa que tornava tudo aquilo aceitável.

Jane agarrou seu braço e segurou com força.

"Por favor, não me deixe, Michael. Estou implorando. Você não pode ir... nem agora nem nunca! Você não sabe o quanto é importante para mim!"

"Você vai ver, Jane", ele falou. "Você vai me esquecer, e amanhã não vai doer. Além disso, você mesma disse: amar significa que a gente nunca pode se separar. Portanto, a gente nunca vai se separar, Jane, porque eu amo muito você. Eu sempre, sempre vou amar você."

E, com essas palavras, Michael começou a desaparecer da sala, no estilo de um amigo imaginário. Ao fazer isso, ele ouviu as últimas palavras da doce e pequena Jane.

"Michael, por favor, não vá! Por favor, não! Se você for embora, eu não vou ter ninguém. Eu *nunca* vou me esquecer de você, Michael, não importa o que aconteça. Eu nunca vou me esquecer de você!"

O que traz a história até hoje.

Não um hoje imaginário.

O hoje real.

PARTE DOIS

Vinte e três anos mais velha, mas não necessariamente muito mais esperta

8

Elsie McAnn parecia pálida como a espuma de um café com leite, tomada pelo pânico e possivelmente perto de um AVC fatal. Então, qual era a novidade? Afinal, aquela mulher parecida com um dragão já era recepcionista da produtora da minha mãe, a ViMar Productions, por 28 longos e estressantes anos, e ali estava ela, ainda respirando, ainda que não exatamente cuspindo fogo.

"Ah, graças a Deus, até que enfim você está aqui, Jane", ela disse, o alívio inundando sua voz.

"Mas não são nem dez horas."

"Não sei o que há de errado, mas Vivienne esteve aqui umas cem vezes perguntando por você."

"Bem, diga a ela que estou aqui agora."

Mas Elsie não precisaria dizer. Eu já podia ouvir os saltos agulha de Vivienne tilintando no corredor.

"Onde você esteve, Jane-Querida? É praticamente meio-dia", ela disse, uma fração de segundo antes de realmente aparecer.

"*São dez horas*", eu repeti.

"E por onde você *andou*?", ela quis saber, e então me deu um beijo na bochecha, como sempre fazia. Meu beijo matinal.

Na verdade eu estava em meu apartamento, tomando café e assistindo a uma entrevista na qual uma mulher falava sobre como organizar uma garagem bagunçada. (A propósito, o amplo uso de painéis organizadores é a resposta.)

Percorri o corredor até meu escritório, onde entrei com Vivienne logo atrás de mim.

"Espero que esse saco de papel que você está carregando *não* tenha dentro um gorduroso muffin de mirtilo."

"Não, não tem", respondi com sinceridade. O saco continha um donut de castanha, *glaceado*. Sentei-me à mesa e comecei a ler uma pilha de três centímetros de mensagens telefônicas. Muitas eram de agentes e, portanto, *mentiras*.

Uma era do meu "personal shopper" da Saks, ideia de Vivienne. Mais mentiras.

Cinco mensagens estavam marcadas como "Sua mãe".

Uma era de Hugh McGrath, meu namorado. A luz da minha vida, a perdição da minha existência, tudo embrulhado num pacote quente e charmoso.

A mensagem seguinte era do meu dermatologista, em resposta à minha ligação.

A única outra mensagem relevante era de Karl Friedkin, e essa *realmente* era importante. Ele era um rico incorporador imobiliário, *e* estava muito interessado em investir no meu projeto de filme.

Três anos antes, minha mãe tinha permitido que eu produzisse uma peça por conta própria. Tinha um elenco de dois atores – uma menina de oito anos e um homem de 35. Tinha dois cenários – o Astor Court do St. Regis Hotel e um apartamento em Manhattan. Eu tinha certeza de que Vivienne havia pensado que seria tão barato de produzir que, quando fracassasse, não seria um grande prejuízo.

A peça se chamava *Graças aos céus* e era totalmente baseada no meu antigo relacionamento com Michael, meu amigo imaginário. Talvez produzir essa peça tenha sido meu jeito de tentar não esquecer Michael. Talvez fosse apenas uma ideia adorável para uma peça.

Para meu espanto e de Vivienne, *Graças aos céus* foi um sucesso. Um grande sucesso, na verdade, e vencedor do prêmio Tony. O público amou a história da menina gordinha e seu amigo imaginário bonitão. Quando Michael finalmente a deixava, dava para ouvir as pessoas soluçando. Muitas vezes eu era uma delas.

Acima da minha mesa de trabalho eu tinha pendurada a ampliação de uma citação de Ben Browning no *The New York Times*:

Podem me chamar de tolo sentimental, ou muito pior, se quiserem, mas *Graças aos céus* é irresistível. Como o melhor da vida, é a combinação perfeita de encanto, lágrimas e risos.

Claro, *Graças aos céus* não trouxe Michael de volta, mas trouxe Hugh McGrath para minha vida. Hugh interpretou Michael e se tornou meu namorado na vida real.

Quando eu disse a Vivienne que queria produzir um filme de *Graças aos céus*, ela respondeu: "Não é uma ideia terrível, mas você nunca será capaz de fazer isso sozinha, Jane-Querida. Você definitivamente vai precisar da minha ajuda. Felizmente para você, não tenho muito o que fazer agora".

O plano era levantar nós mesmas metade do dinheiro da produção e depois pedir o resto a um estúdio de Hollywood.

Vivienne garantiu que completaria qualquer quantia que Karl Friedkin oferecesse.

"Estou quebrando a regra fundamental da produção, de nunca investir o próprio dinheiro", disse Vivienne. "Mas, afinal, você é da família, Jane-Querida."

Ah, ela se lembrava disso.

9

No meu escritório, Vivienne disse: "Ligue para Karl Friedkin. Agora mesmo. Neste minuto! Sua mãe ordena".

Ela só estava meio que brincando.

Serva fiel que sou, pressionei o número dele na discagem rápida.

"Espere um segundo, Jane-Querida. Espere. Desligue. Deixe eu pensar."

Desliguei.

Vivienne uniu os dedos das duas mãos enquanto caminhava pelo meu pequeno escritório. Quase parecia que ela estava rezando para o santo padroeiro dos patrocinadores do teatro.

"Eis o que eu quero que você diga a Karl", ela disse. "Diga a ele que Gerry Schwartz, da Phoenix Films, tem um grande interesse no projeto, e Gerry tem faro para grandes sucessos."

"Ah, meu Deus!", eu disse. "Quando Phoenix ligou?"

Ela me lançou um olhar exasperado.

"Ah, pelo amor de Deus, Jane-Querida. Ninguém ligou. Mas deixe Friedkin pensar que eles estão interessados." Ela continuou: "Diga a ele que, se ele não entrar com o dinheiro hoje, bem, amanhã será tarde demais".

Larguei o telefone.

"Mãe, eu entendo dar uma forçada, na verdade. Mas mentir na cara dura? Você sabe que eu detesto isso."

Outro olhar exasperado.

"É assim que se joga."

"A propósito, como você sabia que Karl Friedkin me ligou?", perguntei desconfiada.

"Intuição de mãe", disse ela, estalando os saltos em direção à porta.

"Você leu minhas mensagens."

Ela fingiu estar chocada.

"Eu nunca faria uma coisa dessas."

Parecendo afrontada, ela saiu pela porta, apenas para voltar um segundo depois.

"Ah, e depois de ligar para Karl Friedkin e garantir nosso dinheiro, não se esqueça de retornar para o seu dermatologista."

10

Meu namorado, Hugh McGrath, era absurdamente bonito, mas isso deveria ser usado contra ele? Ah, bem, talvez. Posso pensar em alguns motivos.

Uma vez, numa praia em East Hampton, um homem se aproximou dele e disse: "Onde posso comprar um sorriso assim?". E ele estava falando sério. Esse era o tipo de cara que Hugh era. O tipo de pessoa com quem algo assim acontecia. O tipo de cara com olhos castanhos aveludados, nariz perfeito, maçãs do rosto salientes e um queixo talhado digno de Bond, James Bond.

Hugh era um ator da Broadway que havia sido indicado ao Tony quando tinha dezenove anos. Ele nasceu com o dom da palavra e uma habilidade inata de vender gelo para esquimós. Uma vez ele se apoiou no cotovelo na cama e me disse que só a visão de mim pela manhã o deixava delirantemente feliz. Já que sei como fico quando acordo, então minha resposta foi "Tudo bem, qual é o final da piada?".

Naquela noite ele iria me encontrar para jantar no Babbo, nosso restaurante italiano favorito em Greenwich Village.

Vinte e poucos anos atrás, quando eu era uma garotinha, o Babbo se chamava Coach House. Minha mãe e eu íamos lá às vezes, nas noites de domingo. Eu sempre pedia a sopa de feijão preto, e ela sempre dizia: "Nada de creme azedo na sopa, Jane-Querida.

Lembre-se, você tomou um enorme sundae algumas horas atrás". Sim, *com Michael.*

Naquela noite, cheguei ao restaurante antes de Hugh, e a deslumbrante loira russa do balcão de reservas me levou escada acima para o salão. Assim que me sentei, não pude deixar de observar as pessoas. Admito, sou viciada nisso desde sempre.

Do outro lado do corredor estava um casal atraente, uma mulher negra e um cara branco e loiro, ambos na casa dos vinte anos. O terno Ralph Lauren azul-marinho dele dizia "advogado bem-sucedido". As longas pernas dela diziam "modelo de passarela". Eles estavam claramente apaixonados, loucos um pelo outro. Naquela noite, pelo menos.

Na mesa seguinte estava outro casal, de quarenta e tantos anos. Ela usava uma calça jeans e uma camiseta básica de quinhentos dólares. Ele usava calça jeans, uma camisa marrom-escuro e uma jaqueta de camurça marrom ainda mais escura. Os óculos pretos dele eram autênticos anos 1950. Eu decidi que os dois eram negociantes de arte, e ela era artista. Era o segundo aniversário deles juntos. Ela estava tentando fazer com que ele provasse seu *fettuccine* preto com tinta de lula.

Sim, eu estava jogando o jogo Jane-e-Michael.

E, sim, eu nem havia percebido. E, sim, droga, Hugh estava quinze minutos atrasado para o nosso encontro. Não era a primeira vez, sobretudo nas últimas semanas. Bem, na verdade, desde que eu tinha começado a sair com ele.

11

Coloquei o celular em cima da mesa. Pedi um Bellini, delicioso, perfeito, e bebi enquanto esperava meu par chegar.

Hugh estava meia hora atrasado. *Caramba.*

Então percebi que era a terceira vez consecutiva que Hugh chegava bem atrasado sem dar um telefonema.

Tentei inventar uma preocupação, como se ele tivesse sido atropelado por um táxi, talvez estivesse no hospital, talvez tivesse sido assaltado, mas rapidamente parei com isso quando percebi que era minha raiva falando.

Era muito provável que Hugh estivesse na academia. Ele era obcecado por manter uma forma ridiculamente boa, e como eu poderia me opor a isso?

Talvez porque Hugh estivesse agora exatamente uma hora atrasado. Ninguém precisa manter uma forma tão boa.

Um segundo Bellini me deixou um pouco alta e com fome.

"Talvez eu possa trazer um pequeno antepasto, senhorita Margaux?", perguntou o garçom. Ele era um dos meus favoritos, sempre tão simpático, e sempre se lembrava de mim. Bem, eu frequento este local há anos.

"Sabe, acho que vou pedir."

Eu me lembro de estar com fome – e então me lembro de estar satisfeita. Lembro-me de olhar para baixo e ver minha mão segurando uma colher com um elaborado tipo de pudim de chocolate. Lembro-me do garçom colocando uma pequena xícara de café expresso e um prato de biscoitos na mesa.

"Coloquei a nota na conta da senhora Margaux", disse o garçom. "Foi muito bom vê-la de novo. Espero que tenha gostado da refeição."

"Tudo estava maravilhoso." *Talvez nem tudo.*

Saí do restaurante para uma noite fria de primavera em Manhattan. Sozinha. Minhas bochechas estavam queimando, mas não saberia dizer se era por conta dos Bellinis ou pela humilhação. Eu estava vivendo aquele velho clichê: quando sua própria vida romântica está desmoronando, a de todo mundo fica fabulosa. Eu realmente precisava ver um casal de meia-idade conversando baixinho e de mãos dadas no parque? Ou os adolescentes que decidiram parar e se beijar apaixonadamente a poucos metros de onde eu estava andando? Não, não precisava. Por que todos na cidade de Nova York estavam de repente perdidamente apaixonados enquanto eu caminhava sozinha com os braços cruzados sobre o peito?

Meu celular tocou.

Hugh! Claro que era Hugh. E a desculpa para esta noite seria... qual?

"Alô?" Um pouco sem fôlego demais, talvez? Bellinificado demais?

"Jane Margaux?", disse a voz na linha.

"Sim, é a Jane", respondi, sem reconhecer quem era.

"Aqui é da Verizon Wireless, e gostaríamos de falar sobre nosso incrível novo plano de chamadas."

Fechei o telefone e coloquei-o de volta na bolsa. Eu gostaria de ser o tipo de pessoa imprudente o bastante para atirá-lo na lata de lixo mais próxima. Claro, se eu fizesse isso, só teria de pegá-lo de novo, e é óbvio que alguém que eu conhecia estaria passando bem naquele momento, quando eu estivesse remexendo no lixo, e então o dia estaria completo.

Engoli em seco e senti lágrimas queimando meus olhos. *Perfeito. Chorar na rua. Um novo nível de fundo do poço, mesmo para mim.*

Eu era uma perdedora patética. Quanto antes eu encarasse isso, melhor. Os fatos eram que eu estava do lado errado dos trinta anos, trabalhava para a minha *mãe* e era o tipo de mulher cujo namorado lindo e bom demais para ela lhe dava um bolo no seu restaurante favorito, e assim as coisas eram.

12

Michael estava acabando seu segundo cachorro-quente, saboreando cada mordida suculenta, cada explosão de sabor na sua boca. *Cara, ele estava sempre com fome! Faminto! Voraz! E, graças a Deus, não precisava se preocupar com o que comia.*

Ali estava ele, entre duas tarefas, de volta a Nova York, matando tempo. Ele estava saindo, se divertindo, esperando para ouvir o que estava pela frente. Tinha visto quase todos os filmes lançados, ido aos melhores museus (como o Museu do Indígena Americano), além de ter visitado a maioria das lojas de donuts e cafeterias na ilha de Manhattan numa busca obstinada pelo melhor donut conhecido pelo homem. E, ah, sim, ele estava tendo aulas de boxe.

Sim, aulas de boxe. Com o passar dos anos, ele havia descoberto muitas atividades que amava, muitas das quais achava que não apreciaria de forma alguma. Como o boxe.

Mas era um exercício excelente e realmente fortalecia a autoconfiança. A autoconsciência também. Além disso, a atividade o aproximava das pessoas, de uma forma estranha. Às vezes aproximava um pouco demais.

Duas noites por semana, num ginásio decadente no segundo andar na Rua 8, um velho negro com hálito de uísque e hortelã o ensinava a dar socos razoavelmente fortes, como se proteger, contra-ataques, como chegar perto e dar ganchos de esquerda no corpo de um oponente.

Ele basicamente tinha se acostumado a garotos negros e hispânicos de dezoito anos batendo no seu nariz até sangrar. E a ser chamado de "velho" pelos seus *sparrings*, que pareciam gostar dele mesmo assim.

Caramba, todo mundo gostava de Michael. Era o trabalho dele, certo?

Mas ele ainda não estava acostumado com o apetite maluco que sentia depois de cada treino. A fome pós-treino era tão forte que só era satisfeita com três ou quatro cachorros-quentes e pelo menos dois achocolatados comprados num carrinho de rua de Manhattan.

Naquela noite, ele pediu os cachorros-quentes e achocolatados e estava pensando em como era bom estar de volta a Nova York. Tinha acabado de terminar um trabalho em Seattle com um menino de seis anos filho de um casal de lésbicas.

O problema era que as duas mulheres se envolviam demais com o pequeno Sam. Ele tinha aulas de música e de acrobacia demais, tutores demais e ouvia a pergunta *"E como você se sente sobre isso, Sam?"* com frequência demais.

As "Lições de treinamento de assertividade educada" de Michael foram postas em prática, e as duas mães acabaram gostando do novo comportamento mal-humorado de Sam. Michael ajudou Sam a ser quem ele era. Então, é claro, teve de deixar o menino, e Sam não se lembrava mais dele. Mas era assim que funcionava, e Michael não tinha controle sobre isso.

Agora ele estava meio que de férias, se divertindo, olhando para as garotas, andando de bicicleta no Central Park, comendo o que queria. Ele fazia tudo o que tinha vontade de fazer, comia o que queria sem engordar um grama e tinha o cérebro destruído a socos duas vezes por semana. O que poderia ser melhor do que isso?

Quando deu o último gole no segundo achocolatado, uma mulher passou, e seus olhos a seguiram de forma automática, apreciando suas curvas. Nada de novo aí. Ele estava sempre olhando para as mulheres em Nova York.

Ele gostou do modo como ela parecia estar tentando ser corajosa, para tirar o melhor proveito disso, e sorriu, lembrando-se de repente do jeito que a pequena Jane Margaux...

Mas então...

Uma certa inclinação da cabeça dela...

O caminhar... meio "saltitante".

Isso foi estranho, mas, nah... Não podia ser.

Mas o balançar dos braços...

Bem, talvez... *Um olhar na direção dela. Aqueles olhos. Não, não aqueles olhos!*

Era ela! Tinha de ser. Mas não tinha como.

Tinha? Poderia ser?

Ela não estava com o cabelo tão cacheado, como quando era criança, mas ainda era loiro. Ela usava um casaco preto solto e carregava uma grande bolsa de couro – metade pasta, metade carteira.

Michael ficou boquiaberto. Era completamente impossível, mas tinha de ser Jane!

Ah, meu Deus, era sua Jane Margaux! Ela estava bem ali, a menos de quinze metros dele.

Michael se afastou do carrinho atrás dela, fazendo o vendedor de cachorro-quente olhar para ele com desconfiança.

Isso nunca havia acontecido, Michael se maravilhou.

Nunca, jamais ele havia cruzado com uma das suas crianças depois de adulta!

Jane caminhava devagar, parecendo perdida nos próprios pensamentos. Então ele também caminhou devagar, tentando decidir o que fazer a seguir. Ele estava sem palavras – sem ideias, sem nada.

Na esquina da Sexta Avenida com a Rua 8, ela chamou um táxi, que parou imediatamente. Correu alguns passos e entrou, fechando a porta atrás de si. Michael ficou para trás. Ele *sabia* o que deveria fazer agora. *Deixá-la ir e arquivar o ocorrido em "estranhas coincidências".*

Mas não foi o que ele fez. Em vez disso, ele fez sinal para o próximo táxi em alta velocidade ao longo da Sexta Avenida.

Ele disse algo que sempre quis dizer: "Siga aquele táxi!".

Siga Jane.

Ele precisava fazer isso.

13

O taxista obedeceu e pisou fundo no acelerador, fazendo a cabeça de Michael voar para trás contra o assento. *Aquilo era muito estranho. Por que topar com uma das suas crianças já crescida? Nunca havia acontecido antes. Então, por que agora? O que isso significava?* Fechando os olhos, ele fez uma oração silenciosa, mas, como sempre, não obteve resposta. Nesse sentido, pelo menos, ele pensava que era como todo mundo: havia sido levado até ali por um motivo, mas quem dizia que ele era capaz de descobrir qual era? Contudo, uma coisa: quanto mais tempo ele ficava ali, mais "humano" se sentia. Seria isso uma pista de que estava se tornando mais humano? E isso era uma coisa boa?

Afinal, o que Michael sabia sobre si mesmo? Não tanto quanto gostaria, com certeza. Ele tinha uma memória limitada do passado, era capaz de se lembrar apenas de rostos indistintos, períodos indistintos de tempo. Ele não tinha ideia concreta de quanto tempo fazia que estava no trabalho ou exatamente de quantas crianças havia cuidado. Ele sabia com certeza que amava o que fazia, exceto, em média, talvez um dia por mês. Também, em média, ele ficava de quatro a seis anos com uma criança. E depois ele precisava ir embora, quisesse ele ou não, quisesse a criança ou não. Depois ele tinha uma pequena pausa, um ano sabático, como aquele em que estava agora. Então um dia ele acordava numa cidade diferente e, na sua mente, ele *conheceria* o próximo menino ou menina e iria até ele ou ela. No mais, todas as suas necessidades eram atendidas. Ele não era exatamente humano, não era um anjo. Era apenas um amigo. E era muito bom nisso.

Enquanto isso, o táxi com Jane dentro subia direto pela Sexta Avenida.

Virou à direita na Central Park South. O táxi de Michael o seguiu.

Esquerda novamente na Park Avenue.

Ela estava indo para o apartamento da mãe? Ah, Jane, não! Não me diga que você ainda mora com sua mãe! Ele estremeceu, agora certo de que segui-la tinha sido uma péssima ideia. Ele se lembrou de Vivienne Margaux, com seu enorme ego e sua personalidade extraordinária.

Ela passava as tardes de domingo com Jane e às vezes beijava sua bochecha, mas era só isso.

A escola de Jane ficava a um quarteirão e meio do apartamento, mas Vivienne nunca a tinha levado até lá.

Michael estremeceu quando o táxi de Jane parou no 535 da Park Avenue – mas ela não saiu.

Em vez disso, o porteiro aproximou-se da janela traseira do táxi e Jane entregou a ele dois grandes envelopes de papel pardo. Ele pareceu feliz em vê-la, dando-lhe um grande sorriso e tirando o quepe. Jane sorriu de volta para ele, parecendo menos triste. Eles até se cumprimentaram com um "toca aqui".

Então o táxi de Jane partiu novamente.

Muito bem. Pelo menos ela não estava mais morando com Vivienne.

O táxi de Michael seguiu de novo o de Jane, até que ele fizesse outra parada, dessa vez na Rua 75 com a Park. O porteiro do prédio caminhou até o carro e abriu a porta para ela.

Michael rapidamente entregou ao motorista uma nota de vinte dólares, de olho em Jane. Ela pegou a pasta e dobrou o casaco preto sobre um braço.

Ela parecia, bem, fantástica. Muito adulta. Muito atraente.

Muito estranho ver a pequena Jane Margaux daquele jeito. Como uma mulher. Jane sorriu calorosamente para o porteiro, e ele sorriu de volta. Era a mesma Jane de Michael. Gentil com todo mundo, amiga de todo mundo.

Sempre com um sorriso para o mundo.

Michael ficou atrás de um enorme vaso de cimento, sentindo-se ridículo, como uma criança brincando de esconde-esconde, mas algo o estava impelindo a ficar. Ele ouviu o porteiro dizer: "O Senhor McGrath passou por aqui. Ele disse que, se a senhorita viesse para casa, era para dizer que ele provavelmente não conseguiria ir ao jantar esta noite".

"Obrigada, Martin. Ele conseguiu ir ao jantar, afinal", mentiu Jane. Mas ela mordeu o lábio.

O porteiro fez uma pausa, a mão na pesada porta de vidro do saguão.

"Ele não foi, não é, senhorita Jane?"

Jane suspirou.

"Não, Martin, ele não foi."

"Senhorita Jane, a senhorita sabe o que eu penso."

"Eu sei, eu sei. Eu sou uma panaca. Eu sou uma idiota."

"Não, senhorita Jane", disse o porteiro, de forma repreensiva. "É o senhor McGrath quem é o idiota, se me perdoa por dizer isso. A senhorita merece coisa melhor do que ele."

Atrás do vaso, Michael concordou sinceramente.

Jane havia levado um bolo! Ele agora estava absolutamente certo de que era sua Jane, de muito tempo atrás. Ele teria reconhecido sua voz em qualquer lugar. Estava mais madura, mais grave, mas, ao mesmo tempo, reconhecível. E, depois de todo esse tempo, ela ainda estava sendo magoada, não é?

55

As pessoas ainda a estavam decepcionando, não a tratando como o tesouro especial que ela era. Como podiam? Como alguém conseguia suportar magoá-la?

Na verdade, Michael tinha sido uma dessas pessoas que a decepcionaram, ele reconheceu com vergonha.

Ele a magoara. Mas ele não tivera escolha! Não havia absolutamente nada, nadica de nada que ele pudesse ter feito quanto a isso!

De qualquer forma, ela o esquecera no dia seguinte. Isso quase fazia com que o fato de ele tê-la magoado na realidade não contasse. Não como esse idiota do McGrath.

Mas por que Michael havia cruzado com ela de novo?

Ela havia entrado no prédio agora, e, de repente, Martin, o porteiro, estava ao lado do vaso, olhando desconfiado para Michael.

"Posso ajudar, senhor?"

Michael levou um susto e se endireitou.

"Não... hã, obrigado. Acho que não. Acho melhor eu ir embora."

"Sim, senhor. Eu estava pensando a mesma coisa."

14

Minha mãe tinha feito tudo menos jogar fisicamente o corpo na frente da porta para me impedir de sair do seu apartamento e ir para a minha própria casa depois da faculdade.

"Você quer se mudar? Que bobagem! Por que diabos você iria querer fazer isso? Raoul está aqui! *Eu* estou aqui! Jane-Querida, comigo, Raoul e o restaurante chinês em Lexington, você tem tudo o que poderia desejar."

Sim, mamãe. Tudo menos privacidade, uma vida e talvez minha sanidade.

"Você não consegue viver sem mim!", Vivienne insistira. "Quem vai ajudar você a escolher suas roupas? Lembrar você de manter a dieta? Ajudar com sua vida amorosa praticamente inexistente? Ah, falando nisso... Minha amiga Tori me deu o telefone do primo dela, e eu realmente acho que você deveria ligar para ele. Parece que ele é um cirurgião otorrino muito bem-sucedido. Mas, Jane-Querida..."

Então isso praticamente me convenceu.

Enquanto os carregadores levavam minha cômoda Biedermeier porta afora, Vivienne admitiu uma derrota parcial – e apenas parcial.

"Vamos tentar por alguns meses, Jane-Querida. E, quando não der certo, você pode sublocar o apartamento e voltar."

Não importava o quanto eu viesse a odiar minhas novas instalações, eu não voltaria. Nem mesmo se eu chorasse até dormir no meu travesseiro solitário todas as noites.

Ainda seria *meu* travesseiro no *meu* apartamento, e ninguém estaria entrando no meu quarto para me perguntar quais brincos combinavam com qual roupa.

Vivienne decidiu então tirar o melhor proveito disso, à sua maneira. Enquanto estive fora numa viagem de negócios de duas semanas, ela redecorou completamente minha nova casa. Voltei para o meu pequeno refúgio privado para encontrar meu quarto e minha sala decorados com branco sobre branco, exatamente como os dela. A cozinha, que eu usava exclusivamente para aquecer comida para viagem, estava equipada como um restaurante: fogão profissional, fornos de aquecimento, duas máquinas de lavar louça, a geladeira Subzero com porta de vidro e a bela iluminação de vitrine. Através do vidro, via-se um único pote de iogurte desnatado.

Eu andava sobrecarregada demais para desfazer ou refazer a decoração. Mas consegui dar um toque próprio: uma foto da minha mãe, do meu pai e de mim, quando eu era muito pequena. Estávamos na Grécia, ao pé do Partenon, e estávamos realmente sorrindo. Já havíamos sido felizes de verdade como família, mesmo que por aquele único dia? Mesmo que por um instante? Eu gostava de acreditar que sim.

Então, pendurei a fotografia no hall de entrada. Minha mãe notou imediatamente na visita seguinte.

Ela bufou e disse: "Se eu lhe desse um dos meus desenhos menores de Picasso, você consideraria substituir aquele lixo sentimental?".

Cada vez que chegava à casa e olhava para aquela foto, eu sorria.

Mas não naquela noite.

Um pouco tensa por causa das bebidas no Babbo, magoada por causa da falta de consideração de Hugh e culpada por comer demais, acendi a luz do corredor e olhei para aquela família feliz no Partenon.

Por algum motivo, ela não me fez sentir melhor.

A secretária eletrônica do meu quarto me disse que eu tinha três mensagens novas.

Pressionei o botão para reproduzir. Vamos lá, Hugh. Redima--se. Diga que está no hospital. Me dê uma alegria.

"*Jane-Querida, onde diabos você está? Você está aí... ouvindo? Atenda, querida. Vamos, atenda. Acabei de ter a ideia mais brilhante...*"

Pressionei "apagar" e passei para a próxima mensagem.

"*Este é um lembrete da revista* The Week. *Sua assinatura gratuita de seis meses...*"

Apagar.

Uma última mensagem. Era da minha antiga colega de quarto da faculdade.

"*Jane, é a Colleen. Você está sentada?*"

Sentei-me na beira da cama e tirei os sapatos.

"*Muito bem, aqui vai uma notícia bem inesperada. Eu vou me casar. Depois que Dwight e eu nos divorciamos, pensei que nunca iria conhecer outra pessoa, ou querer conhecer. Mas Ben é ótimo. De verdade. Juro! Espere até conhecê-lo. Nunca foi casado, trabalha como advogado aqui em Chicago. O casamento vai ser no dia 12 de setembro e você precisa ser minha dama de honra. Vou tentar falar com você de novo amanhã. Espero que tudo esteja bem com você também. Amo você, Jane. Ah, sim... também estou escrevendo contos de novo. Ebaaaa! Espero que você esteja bem.*"

Fiquei feliz por Colleen, de verdade. Tudo o que ela sempre quisera foi escrever ficção e criar uma família, e agora ela estava tendo outra chance nas duas coisas. Ebaaaa mesmo. Fiquei feliz por ela. *Mesmo.*

Em termos gerais.

Entrei no banheiro e tirei a sombra e o rímel com aqueles pequenos discos para olhos "não oleosos hipoalergênicos". Lavei o rosto com sabonete de amêndoa Caswell-Massey. ("Se era bom o bastante para Jackie Kennedy", minha mãe me dizia, "é bom o bastante para você.")

Então subi na cama e liguei meu notebook.

Comecei a fazer anotações de contrato para o meu filme. Eu as encaminharia ao advogado de Vivienne naquela noite para que ele redigisse uma proposta jurídica formal para enviar a Karl Friedkin.

Uma hora depois, desliguei o computador. Estava cansada demais para pensar direito e esperava que as observações fizessem sentido. Saindo da cama, caminhei pelo apartamento silencioso. Na cozinha, me servi de um copo d'água que minha mãe tinha mandado vir da Suécia. Tomei vários goles virtuosos, mas meus dedos já estavam formigando de desejo. Larguei a água.

Jane, seja forte.

Olhei para as portas do armário, as que ficavam sob a pia de laje rústica.

Estendi a mão.

Não vá lá, Jane. Não faça isso.

Abri o armário embaixo da pia da cozinha.

Agora você está oficialmente olhando para o abismo. Afaste-se! Não é tarde demais!

Eu me ajoelhei. E, já que eu estava me preparando para a adoração, era uma posição apropriada.

De trás das esponjas de aço, de trás do limpa-vidros, de trás do saponáceo, tirei minha caixa secreta de Oreos.

Estava escrito na caixa: "Apenas para uso emergencial! Isso é para você!".

Senti que aquela noite se qualificava como tal. Comi quatro Oreos lentamente, saboreando cada mordida, cada combinação perfeita de crocante e chocolate delicioso misturado com re-cheio doce e cremoso.

Com meu ritual completo, voltei para a cama.

Com mais dois Oreos na mão.

Os Oreos extras sumiram antes que eu me deitasse no travesseiro.

15

O apartamento de Michael ficava no SoHo, uma das suas partes favoritas da cidade de Nova York, ou de qualquer cidade, aliás. Como todo mundo, ele tinha uma certa dose de livre-arbítrio, podia fazer a maior parte das suas próprias escolhas. Ele só tinha um trabalho a fazer, uma *missão*: ser amigo imaginário de crianças. Não era um trabalho ruim, de forma alguma. Às vezes ele dizia em voz alta: "Amo meu trabalho".

Ainda assim, ele gostava dessas licenças sabáticas entre as tarefas, entre uma criança e outra. Como não tinha como saber quanto tempo elas poderiam durar, tinha aprendido a aproveitar ao máximo cada dia, a viver o momento, todas aquelas coisas boas de que as pessoas gostavam de falar, especialmente na TV, mas muitas vezes não eram muito boas em pôr em ação.

Naquela noite, ele voltou para o seu prediozinho *brownstone* por volta das onze da noite, totalmente abalado por ter visto Jane, a Jane adulta. Foi um choque enorme. Jane Margaux.

Nossa.

No momento em que Michael atingiu o segundo piso, a caminho do quarto andar, pôde sentir o rock ecoando com toda força lá em cima, vibrando através da escada. Não havia dúvida de onde estava vindo: do apartamento de Owen Pulaski.

Owen Pulaski. Michael não tinha certeza do que fazer com aquele criação sem noção. Ele certamente era bem amigável, extrovertido, sempre fazendo um esforço. Na verdade, quando Michael chegou ao quarto andar, Owen estava cumprimentando duas mulheres na porta do apartamento. As mulheres eram altas, esguias, absurdamente lindas e riam de tudo o que Owen dizia. Owen tinha cerca de um metro e noventa, era corpulento e tinha um sorriso infantil ao qual Michael supunha ser difícil de resistir.

"Mikey, venha para a minha festa. Não me faça essa desfeita. Não se atreva a me fazer um desaforo", Owen gritou do outro lado do corredor.

"Valeu, valeu, estou meio cansado esta noite", Michael disse, mas Owen já estava percorrendo o espaço entre eles e passando o braço em volta de Michael.

"Esta é Claire de Lune, e esta é Cindy Two", Owen apresentou, acenando para as duas beldades. "Elas são alunas brilhantes da Columbia, acho que é da Columbia, e trabalham como lindas modelos. Moças, este é o Michael. Ele é ótimo. Ele é cirurgião do hospital de Nova York."

"Eu não sou cirurgião em lugar nenhum", disse Michael ao ser arrastado para a festa lotada, barulhenta e quente demais no apartamento de Owen.

"Ei, oi", cumprimentou uma das mulheres, uma morena alta que Owen chamava de Claire de Lune. "Eu sou Claire... *Parker*. Owen é, bem, *Owen*."

Michael transformou sua tensão em algo semelhante a um sorriso.

"Oi, como vai, Claire?"

"Não muito bem, mas não vamos entrar nesse mérito. Acabamos de nos conhecer, certo?"

Michael sentiu problemas dentro da garota e não conseguiu resistir; ele nunca tinha conhecido uma alma solitária e deprimida que não quisesse tentar ajudar de alguma forma. Era seu defeito fatal? Era simplesmente seu jeito? Ele não fazia ideia, e havia parado de se preocupar com coisas que não conseguia controlar. Bem, na maior parte do tempo.

"Não, não tem problema. Estou interessado", disse a Claire.

"Claro que está." Ela riu. Alguém que passava colocou bebidas nas mãos dos dois, e ela riu de novo. "Os caras adoram ouvir sobre nossos problemas, nossos sentimentos íntimos, todas essas coisas."

"Não, eu gosto, de verdade. Vamos conversar."

Então Michael ouviu a história de vida de Claire Parker por bem mais de uma hora num cantinho do corredor que levava à cozinha. Ela estava em conflito com o desejo de ser professora, para o que estava estudando, e com todo o dinheiro que de repente estava ganhando como modelo na Agência Ford.

Por fim, ela olhou nos olhos dele, sorriu docemente e disse: "Michael, embora você não seja um cirurgião e eu não seja Claire de Lune, quer ir para casa comigo? Minha colega de quarto está numa sessão de fotos em Londres, e meu gato não é do tipo ciumento. Está a fim? Diga que sim".

16

Com toda a franqueza, de verdade, *o que quer que seja*, não era a primeira vez que algo assim acontecia com Michael, principalmente nas suas férias sabáticas, mas às vezes acontecia durante suas temporadas de trabalho também. Afinal, ele era capaz de fazer escolhas, tinha uma vida e não era imune à beleza.

O que ele disse a Claire foi: "Na verdade eu moro do outro lado do corredor".

A casa de Michael era uma sublocação, razoavelmente arrumada e bem mobiliada. O apartamento de um professor de antropologia da Universidade de Nova York que estava passando o semestre na Turquia. Michael tinha um talento especial para encontrar ótimos apartamentos, outra vantagem do trabalho.

"É a sua vez de falar", Claire ofereceu, se enrolando no sofá. Ela enfiou as longas pernas embaixo do corpo e não puxou a saia para cobrir os joelhos. Deu um tapinha na almofada ao lado dela. "Venha. Sente-se aqui. Me conte tudo." Michael sentou-se, e Claire traçou um dedo no rosto dele. "Quem é ela? O que aconteceu? Por que você está disponível? Você está disponível?"

Michael riu, principalmente de si mesmo.

"Engraçado você perguntar. *Houve* alguém, mais ou menos. Eu perdi o contato com ela por muito tempo. E então, esta noite, acho que a encontrei novamente. Mais ou menos. É meio complicado."

"Sempre é." Claire sorriu. "Eu *estou* interessada, e nós temos a noite toda. Você tem uísque? Algum tipo de bebida?"

Na verdade, Michael tinha (pelo menos o professor tinha) um vinho muito bom, que ele substituiria antes de partir. Ele abriu uma garrafa de Caymus, depois uma segunda garrafa – ZD – enquanto ele e a adorável Claire de Lune conversavam e conversavam até as quatro da manhã, quando finalmente adormeceram nos braços um do outro, vestidos. E foi bem legal. Perfeito, na verdade.

De manhã, cavalheiro que era, Michael fez um café da manhã para Claire com torradas de pão integral, ovos e café. Ele se orgulhava do seu café. Essa semana era um Kona cultivado à sombra. Quando estava saindo, ela se virou e passou um braço em volta dos ombros de Michael. "Obrigada, Michael. Eu tive uma noite maravilhosa." Ela se inclinou – eles eram quase da mesma altura – e beijou Michael nos lábios.

"Ela é uma garota de sorte."

"Quem?", perguntou Michael, sem entender.

"Jane. De quem você ficou falando ontem à noite, durante a segunda garrafa de vinho." Claire deu a ele um sorrisinho resignado. "Boa sorte com ela."

17

Às 7h15, eu, a filha da chefe, fui a primeira a entrar na ViMar Productions (com exceção do garoto da correspondência, um sapatea-
dor britânico adolescente que acho que na verdade estava morando
embaixo da mesa de triagem na sua sala).

Como eram quatro da manhã em Los Angeles, eu só podia enviar
e-mail e deixar mensagens de áudio para lá. Mas era meio-dia em
Londres, e isso significava que eu poderia entrar em contato com
Carla Crawley, a chefe de produção da empresa londrina de *Graças
aos céus*. A peça tinha sido um sucesso ainda maior em Londres
do que em Nova York. Os cenários, os atores, tudo era de melhor
qualidade por lá.

"Jane, estou tão feliz que você ligou. Estamos tendo um proble-
minha. Parece que Jeffrey não gosta da nova garota que escalamos."

Jeffrey era Jeffrey Anderson, o galã britânico que estava interpretando Michael.

"Jeffrey diz que não se relaciona tão bem com essa nova garotinha.
Mas, acredite em mim, Jane, a garota é brilhante, uma verdadeira
estrela. O melhor de tudo é que ela tem onze anos, mas parece ter
oito, então ela sabe *falar*."

"Olhe, ligue para o agente de Jeffrey e sugira que releiam a parte
de contrato dele que diz que, se nós quisermos, ele precisa trabalhar com um macaco de três patas."

"Vou passar a palavra adiante, *Vivienne Junior*", Carla Crawley disse, rindo. Senti um arrepio descendo pela espinha. *Vivienne Junior. Ah, meu Deus, diga que não é verdade.*

18

Às nove em ponto, minha assistente pessoal, Mary-Louise, apareceu no escritório. Mary-Louise: totalmente honesta, totalmente sarcástica, com o sotaque mais forte do Bronx deste lado da ponte Throgs Neck.

"Bom dia, Janey", ela disse enquanto jogava uma pilha de correspondência e de mensagens telefônicas na minha mesa de reunião. "Você recebeu o título de Funcionária do Mês novamente."

"Bom dia", eu disse. "Eu sei. Sou totalmente patética, não sou? Por favor, não responda." Comecei a ler as mensagens telefônicas, dispondo os "incêndios – devem ser apagados" numa pilha, as "brasas – ficar de olho" em outra pilha e, finalmente, as mensagens "telefone se sentir necessidade de se punir" em outra.

"A propósito, as luzes ainda não estão acesas no escritório de Godzilla." Mary-Louise mascou o chiclete ruidosamente.

"Você sabe que Vivienne retoca o cabelo no Frédéric Fekkai nas manhãs de terça."

"Você quer dizer que aquele amarelo neon com tons de rosa não é natural?" Mary-Louise riu. "Precisa de café?"

Antes que eu pudesse responder, ouvi duas vozes inconfundíveis do lado fora do meu escritório. Minha mãe e Hugh.

Instantaneamente, meu estômago começou a se contorcer.

"Seu doce Hughie, *você, você, você*", Vivienne estava dizendo com aquela voz de menina que me dava arrepios.

"Onde você se escondeu quando eu estava procurando pelo marido número três?"

Provavelmente na escola primária, pensei.

Então Vivienne estava parada à minha frente ao lado de Hugh, que segurava um buquê de rosas brancas que deve ter lhe custado duzentos dólares.

"Olhe quem eu trouxe. Provavelmente o homem mais bonito de Nova York", disse Vivienne, inclinando-se para me dar meu beijo matinal na bochecha.

Ela não estava completamente errada sobre Hugh. Parado ali com o cabelo loiro despenteado, vestindo jeans desbotado e um capuz cinza, Hugh tinha a aparência exata que um protagonista deve ter. Ele era definitivamente um sonho, um gato, um partidão. E, pelo menos em teoria, era meu.

"Eu sinto muito. Eu sinto *muito, muito*, Jane", disse ele, conseguindo soar meio crível e sincero.

Mesmo que quisesse acabar logo com aquele teatro, decidi ser um pouco mais fria.

"Pelo que você sente tanto?", perguntei, a sobrancelha levantada.

"Por ontem à noite, claro. Está de brincadeira? Não consegui ir ao Babbo."

"Tudo bem", eu disse. "Fiz uma refeição muito boa. Adiantei uns trabalhos."

"Esqueci que tinha um jogo de squash."

"Sem problemas. O squash é a sua vida." Nem de longe. Os espelhos eram a vida dele.

Mary-Louise pegou o buquê das mãos dele.

"Vou encontrar uma piscina para colocar isso."

Depois de alguns pigarros significativos no estilo sexta série e olhos revirados apontando para a porta, minha mãe finalmente saiu da sala também. Hugh trancou a porta atrás dela, e eu fiz uma careta.

O que era aquilo? Então ele me pegou pelos ombros e me beijou na boca. Eu meio que me entreguei, e isso me deixou profundamente irritada comigo mesma. Aposto que até o Capachos Anônimos me recusaria. Ah, mas Hugh beijava bem, com aqueles lindos olhos castanhos me observando em todos os detalhes, Hermès Sexy perfumando o pescoço e a clavícula.

"Eu realmente sinto muito, Jane." A mão dele subiu e desceu pelas minhas costas, e seu sorriso *era* adorável. "Você sabe que eu amo você, não sabe?" A voz dele estava calorosa, os olhos, ultrassinceros. Talvez ele estivesse dizendo a verdade.

Inclinando-se para a frente, ele beijou meu pescoço. De repente me senti segura e aquecida, como costumava me sentir com Michael. *Por que diabos eu estava pensando em Michael?*

Arrastei a mente de volta para Hugh, Hugh, que estava acariciando meu pescoço. O Hugh ridiculamente bonito, charmoso, insanamente romântico quando queria ser.

Então me lembrei de algo.

Hugh era um ator.

19

Michael nunca havia feito qualquer coisa assim – nem perto disso –, mas, naquela manhã, acompanhou Jane de uma distância segura e nada maluca enquanto ela caminhava do seu apartamento para um prédio de escritórios na Rua 57 Oeste. Ele não tinha certeza do que estava fazendo, só sabia que se sentia compelido a fazê-lo. Na 57 Oeste, imediatamente reconheceu o prédio como o lugar onde Vivienne abrigava sua produtora, e aparentemente ainda o fazia. *Ah, Jane, não entre aí! Não no covil da Bruxa Má do Oeste! Ela vai prendê-la com suas artes sombrias!*

Mas Jane entrou.

E então, contrariando o bom senso, Michael entrou também. *O que está fazendo?*, ele pensou, e quase disse isso em voz alta. *Essa é a hora de ir embora. Agora, bem aqui. É aqui que você interrompe a loucura.*

Mas ele não fez isso. Não conseguiu. E, enquanto examinava o diretório do saguão, ficou claro que Vivienne estava com mais sucesso do que nunca. A ViMar Productions ocupava agora dois andares inteiros. *Ela deve estar mais malvada do que nunca.*

Ele observou a Jane adulta enquanto ela caminhava pelo saguão. Ela acenou para pelo menos meia dúzia de pessoas, que acenaram e sorriram de volta ou trocaram algumas breves palavras com ela. Ele se deu conta de que ela não tinha realmente mudado: ainda estava sendo decepcionada pelas pessoas, mas era amigável e calorosa. Claramente era querida por todos que a conheciam. Todos exceto o idiota que a deixara sozinha na noite anterior.

Em seguida, Jane desapareceu num elevador, e ele observou o indicador dos andares ir de SAGUÃO a 24 em questão de segundos.

Foi quando Michael tomou a decisão fatídica de esperar por Jane. Por quê? Ele não sabia. Ele ao menos tentaria falar com ela? Não, claro que não. Bem, talvez. Apenas talvez. Nesse ínterim, ele havia passado por um Dunkin' Donuts a cerca de uma quadra de distância e estava pensando em comer alguns de creme bávaro.

Depois do intervalo para comer o donut, ele voltou e ficou por perto do prédio de escritórios de Jane, sentindo-se estúpido por estar à espreita, mas incapaz de se afastar.

Por volta das 12h15, as portas do elevador se abriram, e Jane saiu. Ela não estava sozinha. Infelizmente, um cara muito bonito estava com o braço em volta da sua cintura.

Jane removeu o braço e Michael adivinhou que aquele homem era o próprio infeliz: McGrath.

Eles saíram pela porta da frente, e Michael seguiu bem atrás dos dois. Mesmo que Jane olhasse para trás, não o reconheceria: ela já o esquecera. Era assim que funcionava. Tentando parecer indiferente, Michael ficou perto o suficiente para ouvir trechos da conversa. Ela e McGrath estavam falando sobre algo chamado *Graças aos céus*, que Michael supôs ser uma das produções de Vivienne.

"Jane, *Graças aos céus* é a chave para tudo pelo que trabalhei, e acho que você não está tratando isso com a devida atenção", Michael ouviu McGrath dizer, ou melhor, lamentar.

"Isso não é verdade, Hugh", disse Jane. "Estou levando a sério. Você sabe como sou apaixonada por *Graças aos céus.*"

Hugh. O nome do cara era Hugh. O que ela estava pensando? Nunca confie num Hugh. Jane estava com um homem que tinha o nome mais ridículo do planeta, um nome que parecia uma interjeição qualquer. *Como você está, Hugh? Querida, é o Hugh. Hugh, nunca se sabe. Tinha de ser Hugh.*

Balançando a cabeça, Michael os acompanhou quando eles entraram no restaurante Four Seasons.

Lá dentro, Michael foi ao bar, pediu uma coca-cola e os observou sendo levados a uma mesa, sabendo, sem sombra de dúvida, que seguir Jane não era uma boa ideia desde o começo e estava piorando a cada minuto.

Michael observava a mesa deles do outro lado do restaurante com crescente irritação, enquanto Hugh falava e Jane ouvia. Quando não estava falando sem parar, o nojento estava trabalhando no salão. *Hugh* apertando a mão de uma editora de revista. *Hugh* abraçando um apresentador de talk show. *Hugh* pontificando sobre a lista de vinhos. O que ela via naquele idiota?

Então, quando Hugh e Jane estavam prestes a começar o almoço, uma moça se aproximou da mesa. Ela se desculpou por interromper, mas estendeu um pedaço de papel e uma caneta para que Hugh autografasse.

Isso significava que ele era algum tipo de celebridade. Tipo, um modelo-barra-ator? Um apresentador da previsão do tempo? Talvez ele tivesse participado de *Jogos mortais II* ou coisa parecida?

Ele se levantou, sedutor, charmoso, nauseante.

Michael assistia àquilo e não conseguia acreditar. O rosto e o pescoço de Jane tinham ficado vermelhos. Ela estava claramente desconfortável, mas Hugh não pareceu notar.

Finalmente, Michael não aguentou mais. Ele pagou pelo refrigerante e deixou Jane com seu Hugh. Ele não sabia o que Jane estava fazendo, mas ela era uma menina crescida. Se aquele era o tipo de relacionamento estúpido e superficial que ela queria, então talvez ela e Hugh se merecessem.

20

Enquanto Hugh flertava com uma modelo terrivelmente bonita e patologicamente magra que tinha visto a peça *dele* quatro vezes, eu fingia estudar o cardápio de sobremesas que, infelizmente, sabia de cor.

Deus me perdoe, mas naquele momento eu teria matado por um pedaço de bolo de chocolate.

Mas eu não deveria. Eu não iria. Eu realmente não poderia mesmo.

Tire isso da cabeça. Certo, eu precisava voltar ao trabalho para uma reunião de pré-produção de *Graças aos céus*. Eu precisava apresentar nosso possível investidor, Karl Friedkin, ao pessoal da equipe de criação: agente de elenco, figurinista, cenógrafo. Nada de bolo de chocolate para você, disse a mim mesma com severidade, repetindo na "língua do Pê": Pe-na pe-da pe-de pe-bo pe-lo.

Hugh mandou um beijo no ar para sua fã magricela e apaixonada, enquanto eu pagava a conta gorda do nosso almoço.

"Tudo bem se eu não voltar com você, Jane?", ele perguntou. "Eu preciso ir para a academia."

De forma inconsciente, ele se olhou no espelho acima do bar, acariciando o rosto perfeitamente liso e conferindo seus diferentes ângulos. Claro, eu tenho o tipo de rosto que nem tem ângulos, de nenhuma direção.

"Não, tudo bem, Hugh", eu disse. "Tudo ótimo."

Eu realmente estava dizendo a verdade. Quanto menos ele soubesse sobre o desenvolvimento dos bastidores do filme, melhor. Como havia interpretado o papel na Broadway, Hugh definitivamente achava que deveria fazer o papel principal no filme. Minha mãe também achava. Os dois estavam fazendo lobby para que eu o contratasse. Eu discordava disso com todas as minúsculas células do meu ser. Hugh não funcionava bem em close-ups de filmes; ele simplesmente não era esse tipo de ator.

Ele simplesmente não era Michael.

Hugh me deu um beijo na bochecha, lembrando apenas no último segundo de torná-lo real, e não um beijo no ar. "Até mais tarde, gata", ele disse, e então se foi, com o sorriso brilhante, o bronzeado brilhante, mais escorregadio do que uma cobra num dia chuvoso.

Resistindo firmemente ao desejo de pedir um pedaço de pe--bo pe-lo para levar, corri de volta para a Rua 57, chegando na hora certa, é claro. Tipicamente Jane. Depois de me certificar de que todos se conheciam, dei início à reunião. Assim que comecei a falar, meus nervos se acalmaram e eu me senti totalmente no comando do projeto.

"Estamos todos muito entusiasmados com a forma como o filme está se desenrolando", disse eu, encorajada pela atenção arrebatada de todos. "Um diretor de primeira qualidade está quase entrando no time. Acredito que teremos a aprovação formal do estúdio até o final da semana."

Todos explodiram em aplausos espontâneos, e isso aqueceu meu coração. Eu sabia que o projeto não tinha como significar tanto para a minha equipe de criação quanto significava para mim – como poderia? –, mas adorava o entusiasmo e apoio de todos.

Então, a porta da sala de reuniões se abriu.

"Não há por que aplaudir." O tom de Vivienne era tom açucarado. "Vou só me sentar aqui em silêncio e ouvir. Vá em frente, Jane-Querida. Continue."

Que balde de água fria, mas endireitei os ombros, determinada a continuar, apesar de saber que a probabilidade de minha mãe se sentar e ficar quieta – ou, falando nisso, ouvir – era quase a mesma de algum cometa estranho de repente atingir a Terra e derreter a gordura das coxas de todo mundo. Seria bom, mas não iria acontecer.

"Queria falar sobre os cenários", propus. "Clarence? O que você está pensando?"

"Acho que vamos ter de construir uma réplica exata do Astor Court", disse Clarence.

"Eu gostaria que pudéssemos realmente filmar no St. Regis", contrapus. "Tanto para economizar dinheiro quanto para aumentar a autenticidade. Não seria possível? De alguma forma?"

"Se eu puder intervir por um segundo, Jane-Querida", minha mãe disse, "acho que devemos construir o cenário. Isso nos dará mais controle sobre os ângulos das câmeras e a iluminação."

Claro que ela tinha razão, e, de repente, acenos de concordância se espalharam pela sala. Ninguém nunca discordava da minha mãe.

A figurinista falou a seguir.

"Eu estava pensando que a menina devia sempre usar branco quando estiver com seu amigo imaginário no St. Regis."

O branco capturaria perfeitamente a ideia da inocência infantil, pensei.

"Sim, parece bom", disse eu. "E é o tipo de coisa que a menina real *realmente* usava."

Vivienne interrompeu de novo.

"Janey, você precisa se lembrar de que este não é um filme biográfico. Acho que a variedade no guarda-roupa seria melhor e acrescentaria cor e textura à tela. Tenho certeza disso, na verdade. Confie em mim. Eu não tenho ego. Apenas falo a verdade."

E aqui vai uma conclusão "bem, dã": de repente, ficou claro para mim que minha mãe e eu tínhamos abordagens totalmente diferentes para fazer o filme. Além disso, ela estava determinada a exercer sua influência sobre o que deveria ser o "meu" projeto. Que choque foi isso.

"Eu tenho uma pergunta", disse Karl Friedkin.

Eu me virei para ele com alívio.

"Sim?"

"Quem vai interpretar o homem de faz de conta?", Friedkin perguntou.

"Bem, ele não era exatamente de faz de conta", eu disse. "Era mais imaginário."

Seguiu-se um momento de silêncio. *Ah, ótimo*, pensei, tentando encontrar uma maneira rápida de voltar atrás, sem encontrar nada. O silêncio se estendeu. Muito desconfortável. Comecei a corar. *Agora eles deviam estar pensando que eu era louca.* Excelente: um final perfeito para um dia perfeitamente hediondo.

Minha mãe se levantou, deu um leve sorriso e foi até a porta.

O agente de elenco observou: "Passei o papel pela agente de Ryan Gosling, e ela foi muito positiva. Claro, existem muitas outras opções excelentes: Chris Hemsworth, Andrew Garfield, Hugh Jackman e Hugh Grant. Até Henry Cavill".

Minha mãe se virou na porta, sabendo que todos os olhos estavam sobre ela. Olhando direto para mim, ela disse: "Vocês joguem o jogo dos nomes de Hollywood o quanto quiserem, crianças, mas tenho a sensação de que o protagonista perfeito está bem debaixo do seu nariz".

Todo mundo pareceu confuso. Menos eu.

Eu tinha acabado de almoçar com o Hugh que Vivienne já havia escolhido para *Graças aos céus*, e não era o Jackman nem o Grant.

21

Anos antes, quando ele e Jane queriam escapar do mundo sufocante dela na Park Avenue, os dois pegavam o ônibus para o Upper West Side. Que mundo incrivelmente moderno e eclético era a região naquela época, antes dos *baby boomers* com seus carrinhos de bebê Maclaren. Com os olhos arregalados, Michael e Jane exploravam brechós e restaurantes da África ocidental, bodegas espanholas e delicatesses judaicas, todos misturados e coexistindo em harmonia.

Agora, Michael não conseguia deixar de pensar que aquele mesmo bairro tinha todo o caráter e charme de um shopping suburbano no centro de Ohio. A lavanderia a seco Goldblum's havia se tornado uma loja Prada. A ferragem de Johannsen's era uma Baby Gap. O "World's Best Bagels" se transformara numa sofisticada loja de sabonetes. Pensando naqueles bagels quentes e maravilhosos, tudo o que Michael conseguia sentir agora era sabor de sabonete.

Dos velhos tempos de Jane e Michael restava apenas um lugar realmente incrível: o Olympia Diner, na esquina da Broadway com a 77. O local era administrado por gregos de terceira geração que ainda conseguiam servir os ovos mais gordurosos, o bacon mais gordo e um café tão forte que era preciso escovar os dentes depois de tomar uma xícara.

Michael achava que aquela era possivelmente a melhor comida de toda Nova York, muito melhor do que a do Daniel ou a do Per Se. Valia a visita apenas pela placa na vitrine: SIM! SIM! SIM! PANQUECAS 24 HORAS!

Desde que Michael tinha voltado a Nova York , o Olympia se tornara um ritual de sábado de manhã. Naquele dia, ele estava lá com Owen Pulaski, como agradecimento pela festa em que conhecera Claire de Lune. Ele havia se divertido muito com ela – falando sobre Jane, aparentemente.

"Então, o que aconteceu, Mike?", Owen perguntou enquanto eles seguiam para uma mesa no lado da Broadway da lanchonete. "Eu vi que você deixou a adorável Claire falar sem parar. Daí, *puf*, vocês dois foram embora." Ele sorriu e deu um soco no braço de Michael.

"Nós conversamos", disse Michael. "Só isso. Ficamos conversando até as quatro, mais ou menos. Ela é ótima. Tem só 22 anos, mas é muito mais madura do que a idade."

"Conversaram, é?" Owen lançou a Michael um olhar malicioso. "Aposto que sim. Aposto que você ficou acordado a noite toda falando sobre sapatos femininos. Ou sobre os Yankees, certo? Não, os Jints. Seu cachorro."

Owen se inclinou sobre a mesa, e lá estava aquele sorriso irresistível dele, provavelmente o mesmo que ele dava desde menino.

"Para dizer a verdade, Mike. Nunca estive com uma mulher que não fosse um objeto sexual para mim. E, cara, eu fui *casado* uma vez. Por. Dois. Anos. O que deveria se qualificar como um primeiro e um segundo casamento."

"É mesmo?", Michael perguntou, surpreso. "Todas as mulheres são objetos sexuais para você? Sério?"

Aquele sorriso de Owen estava de volta, o brilho nos olhos.

"Agora, não me julgue, Michael. Não me julgue."

"Não estou julgando, Owen. É só que... Sei lá... há muito mais coisas nas mulheres do que isso. Claro, a parte física, mas também aquela conexão entre duas pessoas. Acho que o amor pode ser ótimo."

"Ah, você *acha*", disse Owen, aproveitando a observação. "Mas você não *sabe*, não é? Então, tem um pouco de besteira aí? Só um *pouco?*" Ele ergueu os indicadores juntos, fazendo chifrinhos, dando a Michael o sorriso diabólico de Owen. O brilho, a covinha. Michael quase se sentiu seduzido.

Owen riu.

"É ótimo, não é? O *olhar!* Minha arma secreta. Anos de prática, filho. Anos de prática."

Michael voltou sua atenção para as palavras cruzadas matinais enquanto eles esperavam, e Owen pegou a seção de esportes, às vezes bufando e resmungando em voz alta sobre times, atletas e cavalos que o haviam decepcionado.

"Me diga uma palavra de cinco letras para 'sentir amor profundo'", disse Michael alguns minutos depois.

Owen não ergueu os olhos.

"Tesão."

"E nós estamos surpresos por você ser solteiro?", perguntou Patty – cabelo loiro comprido e bem definido, muito bonito –, que costumava servir Michael no Olympia e por quem ele era louco.

Owen riu, nem um pouco desanimado.

"O que há de bom hoje, querida? Além de você?"

Patty ergueu uma sobrancelha e pegou o bloco.

Michael perguntou: "O que faz você pensar que ele é solteiro?".

"Peça os ovos Benedict", ela recomendou a Owen. "Com torradas." Virando-se para Michael, ela disse: "Ele tem aquele olhar".

"Que olhar?", Michael perguntou. Era o tipo de coisa que ele adorava, as informações sobre como chegar ao coração da humanidade.

"Aquele olhar *de solteiro*", disse ela, enfiando a caneta atrás de uma orelha perfeita em forma de concha. Ela examinou Owen de cima a baixo, como se ele não soubesse que ela estava fazendo isso. "Meio faminto."

Owen deu a ela seu sorriso assassino.

"Faminto por você."

Patty revirou os olhos, e os dois fizeram o pedido. Ela assentiu e saiu, loira e graciosa, enquanto Owen observava cada movimento seu.

"Patty é um doce. Mãe solteira, tem uma filha de quatro anos", disse Michael incisivamente assim que ela se afastou.

Owen sorriu.

"Só uma filha? Sempre quis encontrar uma mãe solteira com pelo menos três ou quatro filhos." Ele piscou para Michael. "Brincadeira, companheiro. Não me julgue, Michael. Eu gosto da Patty. Talvez ela seja a mulher certa para mim."

De repente, Michael lamentou ter levado Owen, seu sorriso e seus olhos cintilantes para o Olympia.

"Não vá magoá-la", disse Michael. Não foi um aviso muito sério, mas quase.

"Não julgue, Mikey", respondeu Owen.

22

Fiquei me olhando no espelho do banheiro, sentindo-me como um soldado marchando para a guerra. Minha pressão estava alta, mas eu tinha feito isso comigo mesma dessa vez. Eu tinha menos de 45 minutos para fazer uma transformação ao estilo *Elle*, e precisava de tudo: cabelo, roupa, maquiagem, acessórios. Se existisse uma pílula que fizesse perder sete quilos em 45 minutos em troca de cinco anos de vida, eu teria tomado duas.

Ia me encontrar com Hugh no Metropolitan Museum e precisava estar no meu melhor, o que no meu caso significava, bem, apresentável. Haveria um coquetel e recepção para uma retrospectiva de moda de Jacqueline Kennedy. Eu estaria ao lado de Hugh, o que significava que seria observada de perto, até mesmo com ciúme em alguns círculos.

Muito bem. Primeiro, definir o clima: comecei a ouvir o álbum *Once Again*, de John Legend. Se isso não me inspirasse, eu estaria acabada. Ah, sim! Agora estava muito melhor.

Em segundo lugar, enfrentar o inimigo. No meu banheiro havia um armário entupido de maquiagens que nunca haviam sido usadas. Ali estavam os frascos e tubos e as loções e poções que Vivienne me dava regularmente. Depois de mais de trinta anos, ela ainda estava de alguma forma esperando que eu me transformasse de patinho feio num lindo cisne. *Não vai acontecer, Vivi. Nem hoje nem em qualquer dia.*

Em terceiro lugar, arme-se. Respirei fundo e abri um tubo da loção hidratante Dramatically Different da Clinique. Alisei a pele em círculos no sentido horário, conforme as instruções. Até então, não estava vendo uma diferença dramática. Mas perseverei. Em seguida, apliquei uma camada fina de base Barely There, que supostamente daria um acabamento perfeito de porcelana. Humm. Com as manchas escondidas, minha pele parecia, digamos, 20% melhor. Não é exatamente ótimo, mas uma melhoria, pelo menos para minha psique.

Por fim, fiz o melhor que pude com o rímel, o delineador e o batom Bobbi Brown. Bobbi Brown é um homem ou uma mulher? Nem faço ideia. Felizmente, e surpreendentemente, eu tinha uma boa cor de cabelo, um tipo de loiro borbulhante, e, pela insistência implacável da minha mãe, podia ter certeza de que o corte era muito bom.

"Sem um bom corte de cabelo, todo o resto não serve para nada", dissera Vivienne. Então, é claro, ela acrescentou: "E você precisa de toda a ajuda que puder conseguir".

Jogando a cautela ao vento, peguei uns punhados grandes de mousse para modelar (marca Calvin Klein) e corri os dedos pelo cabelo. Os cachos se definiram e emolduraram meu rosto. Não sei se estava bom ou ruim, mas parecia diferente... e moderno... e nada simplório.

De repente, minha mente voltou para quando Michael e eu éramos inseparáveis.

"Pintura de guerra", Michael disse isso quando viu Vivienne arrumada até os dentes para uma cerimônia de entrega do Prêmio Tony. Eu ri, mas Vivienne *estava* deslumbrante, uma deusa loira esguia com quem eu jamais poderia esperar me parecer.

Agora, olhando para mim mesma no espelho, vi com surpresa que, na verdade, havia indícios de Vivienne no meu rosto. Eu tinha suas maçãs do rosto, ou pelo menos teria, se perdesse dez quilos. Meus olhos eram maiores, mais redondos e azuis, mas eu tinha seus cílios longos e grossos. Meu nariz era mais pronunciado, mas era definitivamente mais parecido com o dela do que com o do meu pai.

Eu nunca tinha notado nada disso antes. Lembrei-me de Michael olhando para mim com amor, dizendo: "Você é uma beleza", e soando como se realmente quisesse dizer isso. Era isso que ele queria dizer? Ele tinha visto minha mãe no meu rosto?

Ou talvez ele achasse que eu era bonita por mim mesma? Nah.

Jane! Continue concentrada na tarefa! Jogando os ombros para trás, abri as portas do meu closet, tentando não sentir como se houvesse uma multidão ansiosa esperando me ver devorada por leões.

Ah, meu Deus, foi pior do que eu pensava. Meus olhos em pânico absorveram o mar de tons de bege, preto e terra. Eu não tinha nada remotamente sexy ou mesmo colorido.

Espere um minuto. Espere um minuto! O que temos aqui?

Remexendo em alguns casacos de fora da estação, vi uns vestidos Chanel, estilo coquetel retrô, empurrados para o fundo. Vivienne (é claro) os dera para mim quando eu era adolescente. Peguei um deles e o examinei. Parecia algo saído de uma revista de sociedade dos anos 1950, rosa-choque, com um corpete justo e uma saia larga e evasê que terminava na altura do joelho.

"Algum dia você vai ficar totalmente entediada com tudo o que tem, querida, e vai querer usar um desses", ela disse. "Escreva o que estou dizendo." Ela estava certa, é claro. Havia escolhido a coisa perfeita. Ela estava salvando totalmente minha bunda (a mesma bunda que não via um aparelho de ginástica desde sabe Deus quando).

Provei o vestido, amando o tecido sedoso. Então não consegui fechar o zíper.

Agora com uma missão, virei a gaveta de lingerie em cima da minha cama. Abaixo dos sutiãs comportados e das calcinhas de cintura alta estava uma peça de roupa de baixo inteiriça que, com alguma sorte, era feita de Kevlar e daria certo.

Fiz um esforço para entrar nela.

Coloquei o vestido.

Nada de o zíper fechar.

Peguei uma pinça na gaveta da bagunça na cozinha. O zíper não foi páreo para ela, e o bônus era que o corpete apertado demais não permitia que meus seios fossem para qualquer outro lugar que não para cima, para cima, para cima. Contanto que não precisasse me abaixar ou respirar fundo naquela noite, eu estava feita.

A única coisa mais ousada do que minha decisão de usar o vestido rosa foi minha decisão de não usar um casaco com ele. Se meus braços eram um pouco carnudos, azar. No melhor dos mundos e na melhor das luzes, talvez eu parecesse voluptuosa.

Não consegui sequer espiar no espelho de corpo inteiro no corredor. E se eu estivesse parecendo uma menina gorda usando uma fantasia de Halloween? De qualquer jeito, não havia tempo para me trocar.

Peguei o elevador até o saguão e saí com o pé direito. O porteiro disse: "Está linda esta noite, senhorita Margaux. Deseja um táxi?".

"Não, obrigada. Acho que vou caminhar."

Para variar, quero ser vista.

23

Caminhei para oeste na Rua 75, depois fui para o centro da cidade e, pela primeira vez na vida, me senti como se realmente pertencesse à Quinta Avenida. Ao subir os degraus do Metropolitan Museum, definitivamente me senti outra pessoa. Meus saltos batiam rapidamente na escada de pedra. Eu me sentia exótica, glamorosa, feminina. Não me sentia como Jane.

Vi Hugh parado no topo, encostado numa coluna como se estivesse posando para um anúncio da Ralph Lauren. Ele estava com o paletó pendurado no ombro, meio curvado, fingindo não notar os muitos olhares de admiração enviados na sua direção. Ele se endireitou assim que me viu, e seus olhos se arregalaram.

"Meu Deus", ele disse, "o que você fez com Jane?"

Eu ri, satisfeita por ele ter notado, e Hugh me beijou na bochecha. Em seguida, de leve nos lábios. Então ele se afastou e me examinou outra vez.

"O que você *fez* com você mesma?"

"Decidi que estava cansada de você ser sempre o lindo", eu disse, flertando, experimentando um novo comportamento e também um novo visual.

"Você quer dizer o *único* lindo", rebateu Hugh, esmagando um pouco minha felicidade. Ele riu, para suavizar, mas simplesmente não havia conseguido resistir, não é? Não era de admirar que ele e Vivienne se dessem tão bem.

Ele pegou minha mão na sua, no entanto, e me levou em direção às portas do grande museu. Estávamos formando um bom casal, e eu realmente combinava com todos os homens bem-vestidos e mulheres glamorosas desfilando na recepção.

Eu estava feliz, parecia bem, mas uma pergunta perturbadora não parava de girar na minha mente: eu realmente queria passar por tudo aquilo pelo resto da vida?

24

Essa Jackie Kennedy certamente sabia escolher roupas.

Cada peça era mais incrível do que a anterior. E, a cada gole do meu apple martíni, os vestidos dela ficavam ainda mais incríveis. O azul-céu da Givenchy. O Cassini de ouro maciço. O traje diurno bege Chanel que nunca sairia de moda. A melhor coisa que me aconteceu naquela noite – exceto pelo fato de Hugh ter ficado surpreso com minha aparência – foi ser cumprimentada pela impassível Anna Wintour, editora da *Vogue*, que disse: "Você está bem, Jane". Um grande elogio, de fato.

"Meu joelho está me matando por causa do tênis desta manhã. Vamos sentar", convidou Hugh, por fim.

Então, nós nos sentamos a uma pequena mesa de coquetel no Salão Principal do museu. Eu queria ficar de pé, ser vista pelo menos uma vez na vida, mas, pensando bem, meus sapatos Jimmy Choos precisavam de uma pequena pausa.

"Vou fumar um cigarro até alguém chegar e jogar água em mim", disse Hugh.

Antes que ele tivesse tempo de acender o cigarro, olhei para cima e vi Felicia Weinstein, a agente bajuladora e insistente de Hugh, caminhando na nossa direção. Ela estava de braço dado com Ronnie Morgan, o empresário de Hugh, igualmente voraz. Arregalei os olhos.

"Jane, olhe", disse Hugh, todo surpreso de alegria. "Felicia e Ronnie! Que coincidência. Ei, por que vocês não se juntam a nós? Tudo bem, não é, querida?"

Fiquei sem palavras, mas Hugh já estava se afastando para abrir espaço para sua comitiva.

Com fria humilhação, percebi que havia sido enganada.

Eu tinha praticamente quebrado o pulso tentando me enfiar numa roupa para parecer mais magra para a agente e o empresário de Hugh. Eu não podia acreditar. Eu devia saber que alguma coisa era suspeita. Hugh havia chegado na hora pela primeira vez.

"O que eles estão *fazendo* aqui?", sussurrei, já sentindo uma dor aguda na boca do estômago. De repente, meu apple martíni parecia uma bola de chumbo.

"Felicia mencionou que eles poderiam aparecer", disse Hugh.

Estreitei os olhos. Felicia era demais: cabelo demais, maquiagem demais, mascando chiclete de verdade.

"O que foi?", murmurei, enojada, "ela deixou o cafetão lá fora?"

Hugh me lançou um olhar penetrante, mas não respondeu.

Quanto a Ronnie, ele vestia uma combinação estilo *Miami Vice* de camiseta e paletó, perfeita para "tomar uma reunião" no Chateau Marmont em Hollywood – em meados da década de 1980.

"Que bom encontrar vocês dois aqui", Ronnie comemorou enquanto dava um beijo úmido na minha bochecha.

"Todos amantes da moda", lançou Felicia, mal se importando em olhar para mim.

"Vou buscar bebidas", disse Hugh alegremente, e o Leão Covarde apareceu como se fosse carregado. "Esses apple martínis são deliciosos."

"Não", Ronnie interveio. "Eu trabalho para *você*. Eu vou pegar as bebidas."

Mas Hugh insistiu, saindo dali, e eu fiquei sentada com aqueles dois grandes tubarões numa mesa muito pequena.

"Você parece tão *in-te-res-san-te* esta noite", disse Felicia. "Rosa, hein?"

"Isso é um elogio?", perguntei.

"Você decide, querida."

Decidi pelo "não". Minha pele estava formigando e eu pensei que poderia ter urticária.

Ronnie riu sem jeito e tirou o paletó, o que o tornava o único homem numa sala de quinhentas pessoas em mangas de camisa.

"Jane, agora que estamos juntos, vamos *bater um papo,* sim?", ele propôs, com falsa cordialidade. "Felicia e eu íamos marcar uma reunião com você esta semana, mas, já que nos encontramos com você por acaso..."

Hugh voltou.

"Apple martínis para todos", festejou ele, sorrindo.

"Hugh, que sorte a gente ter topado com vocês assim", declarou Felicia.

"Sim, com certeza", disse Ronnie. Eles haviam *ensaiado* aquilo, os três?

"Não adianta ficar enrolando, Jane", Ronnie continuou, virando-se para mim. "Felicia e eu... e Hugh, é claro... bem, nós só precisamos saber quando você vai contratá-lo oficialmente para o papel principal no filme de *Graças aos céus.* Nós temos outras ofertas, mas queremos essa. Hugh quer, de qualquer maneira. E sabe o que mais? Hugh merece. Você não concorda? Você deve concordar. Todos concordamos. E Vivienne também."

Eu estava furiosa... e nervosa... e triste. Mas principalmente furiosa.

"Acho que não é a hora ou o lugar para discutir isso", ponderei, sentindo meu rosto virar pedra.

"Acho que o lugar e a hora são perfeitos", disse Hugh, os olhos frios, sem qualquer vestígio de um sorriso em seu rosto.

"Ah, vamos conversar sobre isso, Jane. É um assunto divertido num evento divertido", insistiu Felicia.

Não era um assunto divertido e não era mais um evento divertido.

"Você *tem* o plano de me dar o papel no filme, não é, Jane?", Hugh perguntou, os olhos perfurando meu rosto. "Como poderia não fazer isso?"

"Nós precisamos examinar todas as opções", eu disse, tensa. *Porque você não estava certo na peça e não quero que estrague meu filme.*

Todo o meu futuro romântico estava em chamas agora, sob os olhos vigilantes de furão de Felicia e Ronnie. Eu estava odiando demais aquilo. De repente, parecia que todas as quinhentas pessoas no ambiente haviam parado de falar ao mesmo tempo.

"Eu só não tenho certeza se você é o ator certo para o papel, Hugh", por fim falei, com a voz muito baixa. "Estou sendo sincera."

Peguei a mão dele, mas ele a puxou.

"Você precisa mudar de ideia", ele disse pausadamente, a mandíbula cerrada. Ele nunca havia me intimidado antes, e eu queria bater na cabeça dele com minha bolsa Judith Leiber.

"Eu fui o ator certo para o palco", continuou. "Deveria ter ganhado um Tony."

Eu queria dizer que ele foi, na melhor das hipóteses, apenas o.k. na versão para o palco. Ele sequer havia sido *indicado* para um Tony. Foi a menina que conquistou o coração do público e da crítica. As críticas sobre Hugh foram, bem... respeitáveis. Seu melhor momento era quando ele se vestia para encontrar a menina na escola. Por cerca de cinco minutos, ele andava para lá e para cá sem camisa. Ele era muito bom nisso.

De repente, Hugh se levantou.

"Eu quero esse papel, Jane. Eu mereço o papel. Eu fiz aquela peça dar certo. *Eu*. Estou saindo agora. Senão, vou pegar essa merda de mesa e atirar contra a parede. Você só está fazendo um jogo idiota! Foda-se você e foda-se Jacqueline Kennedy!"

De repente eu estava sozinha com Ronnie e Felicia.

O que havia acontecido com aquela noite?

Ronnie falou:

"Vou buscar outra bebida."

"Não para mim", eu disse. "Já estou com a impressão de que vou vomitar."

Um minuto depois, eu estava ouvindo meus saltos tilintando no salão principal, depois descendo os degraus íngremes do museu.

Estava me sentindo uma idiota estúpida e corpulenta usando um vestido rosa idiota jovial demais que agora estava sendo manchado pelas minhas lágrimas misturadas ao rímel.

25

Michael estava ficando confortável com seu status de perseguidor. Talvez um pouco confortável demais. *É a última vez*, ele prometeu a si mesmo. *Tudo termina esta noite.* Mais ou menos uma hora antes, Michael ficou chocado quando Jane saiu do seu apartamento absolutamente magnífica. Ele a seguiu enquanto ela caminhava do apartamento até o Metropolitan Museum.

Ele notou que havia um movimento determinado no seu caminhar. Um trote nos seus passos. E aquele vestido rosa-choque... Ela parecia ter se recuperado de Hugh. Então talvez estivesse bem agora. Talvez Michael pudesse ficar feliz por ela enquanto a acompanhava de uma distância segura. Se Jane estava bem agora, então era hora de ele desaparecer novamente.

Avance cerca de uma hora, e ele a está seguindo *de volta* pela Quinta Avenida. Jane estava caminhando sozinha de novo, porém muito mais devagar agora, com os ombros curvados, sem qualquer elasticidade nos passos. Quando cortou para a Madison Avenue, ela parou e encarou indefinidamente várias vitrines de lojas, incluindo um daqueles lugares que vendem cigarros e Tic Tacs.

De alguma forma, ela lhe pareceu muito sozinha e muito triste, muito infeliz. Obviamente algo ruim havia acontecido no museu. Sem dúvida, tinha algo a ver com aquele idiota do Hugh McGrath.

Cada vez mais Michael pensava que ele mesmo era o culpado. Ele fizera a ela um monte de promessas e previsões grandiosas quando ela era apenas uma criança. E elas simplesmente não haviam se tornado realidade. Ele tinha dito, e acreditava mesmo nisso, que alguém especial viria para ela. Bem, obviamente isso não havia acontecido. Ele poderia ajudá-la agora? Não, ele achava que não. Jane não era mais sua responsabilidade. Ele não podia interferir.

Mas definitivamente queria fazer isso. Seu coração se compadeceu dela. Ele queria abraçá-la e confortá-la, do jeito que fazia quando ela era pequena. Na Rua 76, Jane atravessou a Madison Avenue, depois passou pela entrada lateral do Carlyle Hotel e entrou no Bemelmans Bar.

O que deveria fazer agora? Quais eram suas opções?

Michael esperou alguns segundos e então decidiu segui-la, entrando no Bemelmans.

Aquele vestido rosa dela era fácil de acompanhar. E lá estava Jane no bar.

Michael estava sentado na outra extremidade, posicionado depois de dois tipos razoavelmente grandes, de fora da cidade. Pelo que percebeu, eles estavam bebendo uísque da casa com Budweiser e engolindo punhados de amendoim.

Jane pediu um gim-tônica. Ela estava linda sentada ali, de um jeito trágico, uma espécie de heroína russa. *Vamos, Jane, levante o queixo! Você é muito melhor do que isso.*

Por um instante louco, chegou a pensar em ir ao seu encontro e falar com ela. Afinal, ela não se lembraria dele. Seria apenas um cara. Na verdade, ele não sabia o que fazer. O que era muito incomum. Na verdade, ele nunca se sentira inseguro antes, a respeito de nada.

O que ele estava fazendo sentado no Bemelmans com Jane Margaux? Bem, não exatamente com ela, mas desejando estar com ela.

Aquilo não fazia sentido. Era enlouquecedor, confuso e simplesmente não era uma boa ideia. Não, na verdade era uma loucura!

"O que deseja, senhor?", perguntou o bartender.

"Ahn, nada, infelizmente. Acabei de lembrar... que eu deveria me encontrar com alguém em outro lugar. Sinto muito."

O bartender encolheu os ombros e Michael se levantou, sentindo-se péssimo, o que não tinha nada a ver com ele. De cabeça baixa, começou a ir em direção à porta. Ele se virou e deu uma última olhada em Jane. Que mulher bonita ela havia se tornado. Tão especial como sempre.

"Adeus, Jane", disse ele, e depois saiu sem falar com ela. Era a única maneira. Na verdade, ele desejou nunca mais voltar a vê-la.

26

O gim-tônica estava gelado, efervescente e delicioso. Tanqueray com limão. Na medida. Haveria lugar melhor do que o Bemelmans para sentar-se, pensar e sentir pena de si mesma?

Eu era uma mulher de 32 anos que tinha tudo e nada a meu favor ao mesmo tempo. Eu tinha um bom emprego que era teoricamente fascinante, mas ele consumia minhas horas e meus dias, e quase não me proporcionava nenhuma satisfação pessoal.

Tinha uma mãe rica e bem-sucedida, mas ela me tratava como uma criança idiota e chamava isso de amor. E, pior, eu a *amava* desesperadamente mesmo assim.

Eu tinha um namorado. Sim, isso era certo. *Tinha* um namorado. No passado.

Minha mente começou a correr em várias direções ruins, tudo ao mesmo tempo.

Talvez meus objetivos fossem de longo prazo demais. Talvez eu devesse descobrir uma maneira de ser feliz, não por toda a vida, mas por uma ou duas horas. Talvez houvesse alguém lá fora que quisesse sentar comigo e fazer um pedido em japonês e não detestasse assistir *Mens@gem para você* ou *Um sonho de liberdade* pela quarta ou quinta vez.

De repente, senti um toque no ombro, que quase me fez pular e gritar. Com aquele jeito suave de mulher cosmopolita que eu tenho.

Eu me virei para dois homens sorrindo de um jeito um tanto idiota. Seus espalhafatosos paletós esportivos de tecido xadrez pareciam deslocados no Carlyle Hotel, mas provavelmente pareceriam deslocados em qualquer lugar. Eu não precisava daquele tipo de atenção agora.

"Boa noite, senhora", cumprimentou o Coisa Um. "Meu amigo e eu estávamos nos perguntando se a senhora gostaria de companhia."

"Não, obrigada", eu disse com firmeza. "Estou só desacelerando depois de um longo dia. Estou bem assim. Obrigada."

"Parece sozinha", observou o Coisa Dois. "E meio que aborrecida. É o que nos parece, pelo menos."

"Estou muito bem, mais do que bem. Obrigada por perguntar." Até fingi um sorriso para eles. "Muito bem, esta sou eu."

"Bartender, a senhora aqui precisa de outra bebida."

Olhei o bartender nos olhos e balancei a cabeça. "Eu realmente não quero outra bebida. E não quero falar com esses caras agora."

"Talvez vocês dois cavalheiros queiram passar para a outra ponta do bar", disse o barman, encostando-se no balcão.

Eles deram de ombros, mas, enquanto se afastavam, um deles comentou: "Este bar com certeza tem umas prostitutas arrogantes".

O bartender e eu nos entreolhamos em estado de choque, e então demos risada. Era isso ou chorar. Com meu vestido rosa de grife, sapatos de quinhentos dólares, maquiagem cuidadosamente aplicada e corte de cabelo caro, eu parecia uma garota de programa? Quanto dinheiro as garotas de programa ganhavam nos dias atuais? Mesmo assim, eu me virei na banqueta do bar para me examinar no espelho da parede. A imagem era acima de tudo um borrão de pessoas e também refletia os coloridos murais do Bemelmans sobre o bar.

Sorrindo de leve, olhei para o meu reflexo, com a maquiagem dos olhos arruinada e o nariz rosado. Eu seria uma péssima garota de programa.

Então percebi outra coisa. Apertei os olhos, sentindo meu coração na mesma hora bater em alta velocidade. Aquilo era completa, total, absolutamente impossível. Por um instante, meus olhos captaram a imagem de um homem saindo do bar. Ele parecia estar olhando para mim.

Claro que eu estava errada – mas eu poderia jurar que era Michael.

Tão rápido quanto o vi, eu o perdi saindo pela porta.

Aquilo foi muito louco.

Tomei um gole da minha bebida. Minhas mãos tremiam quando a coloquei sobre o balcão. Aquele homem – isso era ridículo. Meu subconsciente usou um truque de luz, uma sombra, para criar uma imagem da pessoa de quem eu mais sentia falta, que mais queria ver.

Certo, eu estava preocupada mesmo. Estava indo para o fundo do poço? Eu estava começando a *ver* coisas. Quão infeliz uma pessoa precisava estar antes de seu subconsciente entrar em ação, tentando tornar as coisas melhores? O quanto eu estava mal para chegar ao ponto de pensar que tinha visto Michael?

Michael, que era imaginário.

Michael, que não existia.

Será que eu havia desejado tanto ver Michael que ele tinha reaparecido por um segundo?

Acorde, Jane. Deve ser um truque de luz. Talvez um isqueiro.

Tirei uma nota de vinte dólares da bolsa e deixei no balcão. Então saí e fui para casa.

Eu *sabia* que não tinha visto Michael, é claro, mas a questão muito mais importante era: *por que eu nunca tinha sido capaz de esquecê-lo?*

27

Bem, passando para assuntos melhores e definitivamente mais significativos. Nas manhãs de domingo eu trabalhava num abrigo para mulheres na Rua 119 Leste, no Harlem espanhol. Nada demais, nada digno de medalha, mas era algo que eu podia fazer para ajudar um pouco e que trazia uma perspectiva muito necessária para a minha vida. Seis horas no abrigo, e eu voltava para casa me sentindo incrivelmente abençoada. Eu meio que pensava naquilo como ir à igreja, só que era melhor – mais útil, pelo menos.

Então, lá estava eu servindo ovos mexidos com feijão, pãezinhos sovados e tabletes de margarina. Pratos de papel para a comida, copos plásticos para o suco de laranja. Era bom saber que aquelas pessoas estariam com o estômago cheio naquela manhã. "Você pode dar mais ovos para o meu filho?", perguntou uma mãe com um menino de cinco ou seis anos. "Você faz isso por mim?"

"Claro", eu disse. Dei a ele outra colher de ovos com um pão sovado por cima.

"Agradeça à senhora, Kwame."

"Obrigado."

"Você vai conseguir comer tudo isso, Kwame?", brinquei gentilmente com o menino.

Tímido, ele assentiu com a cabeça, e a mãe falou num sussurro:

"Para dizer a verdade, ele come um pouco agora." Ela tirou um pedaço de papel-alumínio amassado de uma sacola de compras. "E termina o resto no jantar."

A fila seguia em frente, gente com fome chegando, e eu ia servindo ovos para eles, dizendo "obrigada, por favor, volte", tentando fazer todos se sentirem o mais bem-vindos possível.

Uma bondosa velhinha italiana da Paróquia de Santa Rosa trabalhava ao meu lado servindo suco de laranja e leite.

"Olhe ali", ela sussurrou, apontando com o cotovelo para o meio da fila.

"Ela própria é só uma menina." Avistei uma mulher magra, não mais do que dezoito anos, se tanto, com um bebê num canguru surrado. Um menininho estava agarrado às pernas magras da moça. O que realmente a diferenciava, porém, eram dois olhos roxos e um curativo sujo enrolado no braço direito flácido. Coisas assim me faziam apertar a mandíbula e meu estômago revirar, ao pensar que alguém saía impune de ferir outra pessoa daquela maneira.

Quando ela chegou ao meu lugar na fila, eu lhe disse: "Vá se sentar. Eu levo a comida para você e as crianças".

"Não, eu consigo dar um jeito."

"Eu sei. Mas me deixe ajudar de qualquer maneira. É meu trabalho."

Encontrei uma bandeja de plástico e a enchi de ovos e pãezinhos. Peguei dois copos e uma lata cheia de suco de laranja. Peguei inclusive três bananas na cozinha, onde as freiras guardavam frutas frescas para ocasiões especiais ou situações delicadas.

"Ei, obrigada", a garota disse baixinho quando cheguei à mesa e entreguei a comida. "Você é uma boa senhora branca."

Bem, eu tento.

28

Por fim, a última porção de ovos mexidos foi servida no prato de papel de uma senhora idosa que não tinha dentes e usava sacos plásticos sobre as mãos e os sapatos.

"Sobrevivendo a mais um dia", ela repetia sem parar. Foi um pouco perturbador quão profundamente eu me identifiquei com esse sentimento.

Pouco antes do meio-dia, saí para a fria manhã de primavera de um domingo do Harlem espanhol em Nova York. Meus braços estavam pesados e eu estava com dor de cabeça, mas havia algo básico e bom em alimentar pessoas com fome. Estava lindo para onde quer que eu olhasse, tudo parecia cheio de vida e promessa, o que, considerando o desastre da noite anterior, parecia um milagre.

Nos degraus da igreja havia cinco meninas vestidas como noivas em miniatura, crianças prestes a fazer a primeira comunhão. Perto dali, homens de expressão séria bebiam *cervezas* e jogavam dominó em caixas de madeira. Inspirei profundamente. Havia no ar cheiro de churros fritos, espigas de milho cozidas e pimenta.

Atravessei a Park Avenue, onde os trens saem do túnel subterrâneo, e onde aquela vizinhança pobre do Harlem acabava se transformando no sofisticado Upper East Side. Continuei caminhando, sentindo-me muito bem. Tinha praticamente superado a noite anterior no museu.

Quando atravessei a rua seguinte, meu próprio prédio apareceu, e um idiota começou a buzinar para mim.

Eu me virei e vi que o idiota detestável era Hugh.

Lá estava ele sentado, parecendo triste e arrependido num Mercedes conversível azul brilhante, o rosto angelical mandando qualquer pensamento racional para longe.

Ah, como os olhos conseguem mentir para o nosso cérebro.

29

A única coisa mais bonita do que o carro esporte azul-marinho banhado pelo sol era o homem que o dirigia, e ele sabia disso. Hugh estava usando óculos escuros italianos e uma jaqueta de couro marrom-claro com aparência tão macia que no mesmo instante dava vontade de tocá-la. E, para dar a ele uma aparência de "cara normal", um boné do New York Giants com a viseira dobrada nas laterais, só isso.

"Venha dar uma volta comigo, linda." Dita num tom bem-humorado, eu sabia que ele havia roubado a fala do Mr. Big de *Sex and the City*.

Hugh e o carro formavam uma dupla adorável, mas eu estava pensando que poderia viver sem nenhum deles. Afinal, eu não me importava. Eu realmente não me importava. Bem, eu quase não me importava. Ah, droga, talvez eu me importasse um pouco.

"Tenho que encontrar minha mãe para almoçar em uma hora", respondi com frieza. "Ela tem estado um pouco indisposta nos últimos tempos."

As palavras saíram da minha boca sem querer, mas soaram muito bem.

"Trago você de volta em uma hora. Você sabe que eu não ousaria irritar Vivienne."

"Hugh, depois de ontem à noite... eu simplesmente não posso..."

"Qual é. Vamos dar um passeio. Eu quero conversar com você, Jane. Eu vim do Village até aqui só para isso."

"Eu realmente não sei se temos o que conversar, Hugh." Mantive minha voz suave.

"Eu sou um homem mudado", disse Hugh, transmitindo profunda sinceridade, "e posso até dizer por quê. Me dê uma chance de conversar."

Suspirei e pareci relutante por trinta segundos inteiros antes de ceder e entrar no carro.

Hugh correu alegremente pela Park Avenue.

De repente, ele desviou o Mercedes SL55 para a esquerda e logo estávamos acelerando ao longo da FDR Drive, que estava andando muito bem, mas andando *para onde*?

"Eu preciso dizer o que sempre pareço estar dizendo a você, Jane."

Se Hugh dissesse "me dê o papel", juro, eu enfiaria uma caneta na orelha dele.

"Eu preciso dizer que sinto muito", disse ele, me surpreendendo totalmente. "Eu sinto muito, Jane. Eu não sabia o que Felicia e Ronnie tinham planejado, juro por Deus. Daí minha língua idiota e meu temperamento estúpido afastaram o melhor de mim."

Meu cérebro me dizia que aquilo não podia ser verdade, mesmo enquanto meu coração registrava quão incrivelmente sincero ele parecia. Eu estava começando a amolecer um pouco e não gostei disso. Tentando me manter firme, não respondi, apenas mantive os olhos focados no horizonte. Estávamos passando por um solavanco da ponte do Brooklyn agora. Indo para onde? E por quê? Do outro lado da ponte, Hugh dirigiu até um local com uma vista de cartão-postal de Manhattan. Sinceramente, a cidade parecia ter sido esculpida numa peça de prata perfeita. Eu nunca tinha estado ali com Hugh e, de repente, me perguntei: quem tinha estado?

"Acho que imaginei que estávamos na mesma sintonia em relação ao papel no filme, Janey", ele continuou. "Eu me via no papel. Eu o interpretei na Broadway. Ele é parte de mim. Imaginei que você também me visse como perfeito para ele." Ele me lançou um sorriso lindo, arrependido e arrogante ao mesmo tempo.

Está certo. Como motivação, quase fazia sentido.

"Você simplesmente não estava ouvindo, Hugh." Como sempre.

Ele passou o braço por sobre meu assento e acariciou de leve minha nuca.

"Sabe, Jane, eu também achava que esse projeto, esse pequeno filme, poderia nos transformar na equipe que eu sei que podemos ser. Eu nos imaginei trabalhando juntos. Seria fantástico. Juntos na vida pessoal e na profissional. Você sabe, eu estaria lá para você. Eu poderia ajudá-la, apoiá-la. Pensei muito sobre isso. É o meu sonho. Sinceramente."

Ele estava falando num tom de voz baixo e sincero. Estava segurando minha mão, esfregando meus dedos suavemente. O que estava acontecendo ali? Eu estava ficando um pouco tonta. Estava enfraquecendo, não estava?

Ele abriu o porta-luvas e enfiou a mão dentro. Meus olhos quase saltaram para fora das órbitas quando ele puxou uma caixa de joias azul. Dentro do peito, meu coração parou. Ele não podia... ele não iria...

Aquilo eu não esperava.

Quando Hugh abriu a caixa da Tiffany, havia um lindo diamante nela. Não era enorme, mas também não era pequeno. Tentei não arfar até ficar ofegante.

"Jane, eu sei que nós podemos ser ótimos de novo. Eu tenho o anel, e você tem o filme. Vamos fazer uma troca, querida. Temos um acordo?"

O tempo parou. A Terra se inclinou embaixo de mim. Ah. Meu. Deus. Do céu. Ah, meu Deus. Não, aquilo *não* tinha acabado de acontecer. Eu me senti como se tivesse levado um soco muito forte no peito. Uma longa pausa se seguiu enquanto meu cérebro atordoado tentava decidir uma resposta: lágrimas instantâneas? Raiva? Humilhação patética? Aquele tinha sido meu primeiro e único pedido de casamento, e eu não poderia imaginar que algo fosse mais horrível. Hugh estava louco ou eu era apenas uma fracassada muito maior do que eu desconfiava?

Hugh parou de sorrir, observando meu rosto.

Por fim, minhas sinapses começaram a disparar aos arrancos, e eu tentei retomar a respiração.

"Sinto muito, Hugh", eu disse com firmeza, me contendo tremendamente. "Sobre muitas coisas... por ter dado mais uma chance a você, por me importar com você, em primeiro lugar. E eu sinto muito, muito mesmo pelo que você acabou de me dizer. *Vamos fazer uma troca, querida? Temos um acordo?* Como você pode *pensar* em me dizer uma coisa dessas?" Minha voz ficava mais alta a cada frase, e eu percebia um tom estridente e reprimido pela raiva que deveria tê-lo feito sair correndo para as montanhas.

"Não sou redator de discursos, sou ator", ele murmurou. "Certo, talvez eu não tenha feito bonito o bastante, e peço desculpas. Mas eu estava em busca de sinceridade direta. Não é isso que você sempre diz que quer?"

"*Bonito o bastante?!*", eu gaguejei. "Você está *maluco?* Tente 'o maior insulto da minha vida!' Experimente 'pior desastre de um pedido de casamento medonho *da história!*'"

O rosto de Hugh tinha ficado frio e impassível.

"Jane, você está cometendo um grande erro de julgamento. Talvez devesse falar com Vivienne."

Eu tinha achado que não poderia ficar mais aturdida, mas estava redondamente enganada. Eu estava oficialmente mais chocada agora.

"Ah, Hugh", foi tudo o que consegui dizer, começando a engasgar. "Me leve embora daqui. Me leve para casa. Agora mesmo."

Hugh olhou para mim por longos momentos, a descrença estragando seu belo rosto. Como se ele não pudesse imaginar por que eu estava tão chateada. Finalmente, virou-se de volta para o volante. E girou a chave na ignição.

"Então, a gente se vê por aí." Ele se inclinou sobre mim, abriu minha porta e soltou meu cinto de segurança. Ele se recostou no assento e ficou esperando, o desdém escorrendo por todos os seus poros.

"O quê!?"

"Saia." Seu tom estava gelado, os nós dos dedos brancos de apertar o volante. Como não me mexi de imediato, ele se virou e começou a gritar. "Saia da porra do meu carro!"

Com o rosto em chamas, saltei do carro. Ele estava me expulsando? E estava fazendo isso no Brooklyn. Sem esperar que eu fechasse a porta, Hugh saiu em disparada, levantando cascalho que atingiu minhas pernas.

Ele fez isso. Ele me levou para o meio do Brooklyn e depois me expulsou do carro, me deixando sem carona para casa.

Estranhamente, não derramei uma lágrima.

Não pelos primeiros seis segundos e meio, pelo menos.

30

Ele não tinha nada além de tempo. Como estava um dia lindo e ele estava tentando abandonar o vício em Jane, Michael saiu de casa para dar uma caminhada, talvez ver um filme. Na saída, cruzou com Owen, subindo as escadas do sobrado com Patty, a garçonete do Olympia. *Ah, não. O que eu fiz? Owen e Patty?*

Eles eram um casal bonitinho o bastante, só que Michael não confiava em Owen tanto quanto podia, e realmente gostava de Patty. Não queria vê-la magoada por um mulherengo convicto.

"Olá, Michael", Patty sorriu, como sempre fazia no restaurante. "Eu estava esperando ver você. Queria agradecê-lo por levar Owen ao Olympia naquela manhã."

"Ah, não foi nada. As melhores panquecas, certo? Como vocês estão?" Ele tentou enviar a Owen um olhar de advertência, do tipo, "machuque essa garota e eu mato você", mas Owen não o encarou.

Patty continuou sorrindo e parecia feliz.

"Eu estou ótima. Mas este aqui é um diamante bruto. Ele é engraçado. Outro Dane Cook."

"Não sou, não." Owen pareceu ofendido. "Como você pode pensar isso? E *quem é* Dane Cook?"

"Está vendo?", Patty brincou, carinhosa. "Ele *sabe* que Dane Cook é um comediante."

"Sim, Owen é uma figura, tudo bem", Michael concordou, querendo alertar Patty logo. Owen não era deliberadamente cruel, mas Michael não via como aquilo poderia terminar bem. "Está bem, a gente se vê."

"Tchau!", Patty disse, e Michael suspirou e continuou descendo as escadas. Ele estava nervoso por Patty – e a filhinha dela. Owen lhe dissera que toda mulher que ele havia conhecido era um objeto sexual para ele, até mesmo sua esposa. Ótimo, aquilo era ótimo. Bem, talvez Patty o salvasse de si mesmo.

Ele olhou para os dois subindo a escada, e lá estava ele, o sorriso que fazia Owen escapar de qualquer coisa. Ótimo.

"Não julgue, Mikey!", Owen gritou e sorriu.

E, por Deus, *ele* os havia reunido. Que grande amigo ele tinha sido para Patty.

Uma vez na rua, Michael não sabia o que gostaria de fazer. Havia decidido não chegar perto de Jane de novo, então isso estava fora de questão. Como era fim de semana, as ruas não estavam tão cheias, o que era sempre bom. Mas a visão de Patty indo para a casa de Owen o aborreceu, estragou seu dia antes que começasse. Além disso, de modo geral, ele não tinha realmente se recuperado de ver Jane.

Então teve uma ideia, e esperava que não tivesse sido inspirada por Owen. Talvez fosse apenas a chance de salvar o dia. Ele ligou para Claire de Lune, e ela estava em casa naquele domingo lindo e, sim, ela adoraria vê-lo.

31

Devo ter conseguido encontrar um táxi no Brooklyn. Ele deve ter voltado pela ponte do Brooklyn. E deve ter me deixado no meu apartamento na Rua 75.

Isso deve ter acontecido, mas não me lembro de nada muito bem.

Eu me lembro de ter visto Hugh se afastar. Lembro do cascalho afiado atingindo minhas canelas. Lembro especificamente de ter mostrado o dedo para ele. Em seguida, Martin estava segurando a porta do meu prédio, e eu, cambaleando em direção ao elevador.

Quando abri a porta do apartamento, o telefone estava tocando, e eu atendi atordoada, nem mesmo pensando que poderia ser Hugh.

"Aqui é Jane", atendi como um autômato, tirando os sapatos.

"Jane-Querida!" A voz imperiosa da minha mãe. "Onde você está? Você disse que vinha almoçar! Eu tenho aquele salmão maravilhoso do Zabar. Karl Friedkin está aqui. E tenho fotos da nova coleção do Valentino. E..."

"Lamento, mas não vou aparecer, mamãe. Não estou me sentindo muito bem." Um leve eufemismo.

"Acho que o que você está sentindo... talvez seja Hugh Mc-Grath?", minha mãe disse em tom de brincadeira. "Traga o garoto junto. Será divertido. Podemos conversar sobre *Graças aos céus*."

Ah, isso não ia acontecer mesmo.

"Hugh não está aqui, e eu não estou me sentindo bem. Falo com você mais tarde, mamãe."

Não esperei para ouvi-la se despedir. Decidi no mesmo instante que não suportaria ficar no meu apartamento vazio. Qualquer lugar, menos ali. Bem, em qualquer lugar, menos ali e no *Brooklyn*. Troquei minha calça suja de cascalho por um jeans e uma camiseta do "Music in the Park" e comecei a andar pelo centro. Sem destino em mente. Em mais ou menos vinte minutos eu estava indo para oeste. Passei pela Hermès. E as Galerias Robinson. E, então, aquela que eu considerava a minha segunda casa: a Tiffany. A placa na janela dizia: ABERTO AOS DOMINGOS, das 11 às 18h. Eu sabia disso, é claro. Quantas tardes de domingo Vivienne e eu passamos ali, experimentando joias e olhando diamantes através de uma lupa? Eu provavelmente era a única criança de sete anos de idade que sabia discutir com conhecimento as proporções das facetas e o mérito de um corte Asscher em comparação com um brilhante.

Passei pela porta giratória da Rua 57, cronometrando como se estivesse pulando corda. Num instante estava perto da entrada da Quinta Avenida, e de repente estava comprando um anel de diamante.

32

Sempre que entrava na Tiffany, as lembranças voltavam. A sensação do tapete sob os pés, o brilho dos painéis de madeira, o calor das lâmpadas sob os balcões de vidro. Aquele era o único lugar aonde Vivienne e eu íamos sozinhas, sem sua comitiva, e éramos como mãe e filha de verdade. Era ali que minha mãe se parecia mais com ela mesma – ainda mais do que quando estava no teatro – e mais feliz.

Examinei a vitrine como se estivesse planejando um casamento em junho, que, opa, acho que tinha acabado mais cedo. Os anéis de diamante pareciam uma constelação, todos alinhados numa ordem divina e predestinada: da menor e quase invisível faixa de solitários aos requintados diamantes de lapidação quadrada em tons de rosa e amarelo e diamantes em lapidação pera incrustados em platina, cada um valendo mais do que alguns automóveis de luxo.

"Posso lhe ajudar em alguma coisa?", uma jovem vendedora apareceu do nada. Ela era minha ideia de elegância, num terno preto simples com um lindo colar de pérolas, tudo perfeito.

"Hum", eu disse.

Vi seu olhar furtivo para os dedos nus da minha mão esquerda.

"Sabe", começou ela em tom confidencial, habilmente abrindo a caixa, "muitas mulheres estão se presenteando com diamantes para a mão direita". *Se presenteando.* Agora havia uma frase. Soava muito melhor do que, digamos, *sendo ridiculamente indulgentes.*

Sim, eu tinha visto os anúncios na *Vanity Fair* e na *Harper's Bazaar.* Cada anel tem seu próprio significado. Um dia especial. Um sonho tornado realidade. Um segredo maravilhoso. Blá-blá-blá. Mas obviamente o texto de venda havia funcionado comigo, pelo menos um pouco.

"Posso ver aquele ali?", perguntei, apontando para um elegante anel Tiffany Celebration, com mais de uma dúzia de diamantes perfeitos incrustados numa faixa de platina.

"É lindo, não é?", a vendedora disse enquanto delicadamente o colocava sobre um pedaço de veludo preto. Os diamantes brilhavam com um fogo interno, e, mesmo quando eu tinha sete anos, poderia ter dito que seus cortes eram perfeitos.

Meu Deus, aquele anel *era* lindo. Tão lindo que quase machucou meus olhos. E meu coração também. "Experimente", incentivou a serva do diabo.

Coloquei o anel em meu dedo anelar. Nossa! Me senti adulta de verdade. Ele praticamente fez meu pulso bater no balcão. Era realmente impressionante. Um anel de celebração, de fato.

"Serve perfeitamente em você. Nem precisa ser ajustado", disse ela, num sussurro conspiratório.

Eu já tinha estado na Tiffany o suficiente para saber que o homem de terno cinza parado ao meu lado, o homem que fingia estar olhando para anéis de diamante, era um segurança. Eu parecia suspeita? Perigosa? Só poderia desejar por isso.

"Qual é o preço deste?", perguntei, sentindo meu coração disparar.

Ela sussurrou: "Treze mil". De alguma forma ela fez aquele número soar como uma pechincha inacreditável.

Afirmei calmamente: "Eu gostaria de comprar".

Como se ouvisse essa declaração a cada dez minutos, a vendedora disse: "Claro".

Entreguei a ela meu cartão de crédito e a identidade. A transação foi rápida e, sim, há um motivo para isso.

Depois de ler minha carteira de motorista, a vendedora perguntou: "Você por acaso é parente de Vivienne Margaux?".

"Ela é minha mãe."

A vendedora deixou escapar um "entendo" e em poucos minutos eu estava na Quinta Avenida, as facetas de diamante em minha mão refletindo o sol perfeitamente.

Olhava de vez em quando furtivamente para minha mão quando comecei a caminhar pelo centro da cidade. Esperei o sinal mudar. Dei outra olhada para a mão. Então olhei para a esquerda.

Lá estava.

Tão convidativo quanto a Tiffany.

33

"O St. Regis! Eu amo o St. Regis", Claire disse enquanto ela e Michael viravam a esquina da Rua 55 e o hotel era revelado. Ele a pegara no apartamento que ela dividia com outra modelo perto do Bryant Park. Em seguida, os dois caminharam para o norte na Sexta Avenida, depois na Quinta. Ele brincou que talvez pudesse comprar algo para ela na Tiffany: outra estranha lembrança de Jane surgindo na sua mente.

"Você é rico, Michael?", Claire perguntou, rindo.

"Apenas em espírito", disse ele. Na verdade, tudo o que ele precisava fazer era estalar os dedos e tinha quase tudo o que queria. Literalmente. Estalo! E algum dinheiro apareceria no seu bolso. Ele não sabia como isso acontecia, mas por que lutar contra o fato? De qualquer forma, as necessidades de Michael eram poucas. A vida simples combinava melhor com ele.

"Podemos entrar?", perguntou Claire.

"É claro. *Nós* amamos o St. Regis!"

E de repente lá estava, bem na sua frente: o Astor Court. Tudo no restaurante do hotel parecia ter mudado; e, no entanto, tudo parecia exatamente igual. Mulheres com roupas de grife, pais servindo o almoço aos seus filhos, famílias inteiras atacando petit-fours e mil folhas, tortas e crème brûlées.

"Serão dois?", perguntou o maître. "Por favor. Dois", pediu Michael, sentindo seu pulso disparar um pouco. Agora, por que seria isso? Não era como se ele fosse ver Jane ali. Nem mesmo a Jane de oito anos.

Ele e Claire estavam sentados numa mesa íntima para quatro pessoas, e em poucos instantes alguém retirou os dois serviços extras.

"Isso é incrível!", disse Claire. "Por algum motivo eu nunca tinha estado aqui, depois de cinco anos em Nova York."

Michael sorriu, feliz por poder dar a ela esse prazer. Seus olhos examinaram todos os aspectos do ambiente. Ele quase parecia ter sido congelado no tempo. A música tocando era "Love in Bloom", o carrinho estava cheio de sobremesas, as bandejas de porcelana estavam cheias de sanduíches.

Só que não havia nenhum amigo imaginário comendo melão, nenhuma menina de oito anos devorando sorvete de café com calda de chocolate quente. Era como se o palco estivesse montado, mas um dos personagens mais importantes não tivesse aparecido.

Estava faltando Jane na cena.

O que ele estava fazendo? Tentando recapturar algumas das tardes mais felizes da sua vida. Com Claire de Lune como substituta de uma garota triste, corajosa e incrível que segurara as pontas quando ele a deixou para trás. Ele olhou para Claire.

"Está tudo bem?", ele perguntou.

Ela sorriu.

"Claro! Estou adorando, Michael! Qualquer garota adoraria. E, caso você não tenha notado, eu sou uma garota."

Ele engoliu em seco.

"Sim, bem, eu notei isso."

34

O barato de gastar uma fortuna num anel que poderia ser usado como holofote de uma estação espacial estava começando a desaparecer, deixando-me um pouco nervosa. Como qualquer substância viciante que se preze. Agora eu precisava desesperadamente relaxar e me acalmar. E, sim, já que hoje era dia de ir para o inferno, comer sobremesa. O St. Regis era o lugar perfeito para tudo isso.

Eu estava por um fio: meu *ex*-namorado era um egocêntrico e um idiota completo e absoluto; minha *atual* mãe estava me deixando louca havia décadas; eu tinha acabado de gastar uma grande soma de dinheiro num anel de que não precisava. Além disso, todo o resto estava bem, obrigada.

"Deseja ver o menu, senhorita?", perguntou o garçom.

Como ele sabia que eu era uma "senhorita"? Estava nos meus olhos? Na minha postura?

Eu precisava assumir o controle.

"Não. Só um chá gelado", eu disse, virtuosamente. "Obrigada."

"Claro."

Então minha sanidade voltou. Virtuosa e absolutamente... tarde demais. Eu estava usando um anel de diamante que tinha *comprado para mim mesma*.

"Espere! Só um instante. Sabe o quê? Vou querer o sundae com calda de chocolate quente. Com sorvete de café."

"Uma escolha muito melhor."

Eu estava gostando de disparar raios laser de diamante por todo o Astor Court quando o garçom voltou com meu sundae. O prato de prata era maior do que a cabeça de Hugh. Eu não teria como comer tudo aquilo – e algum dia voltar a aparecer em público, de qualquer maneira. Como eu conseguia fazer isso quando tinha oito anos? Talvez fosse um pouco mais rechonchuda do que me lembrava. Ou não, muito melhor, ele sem dúvida era servido num prato muito menor naquela época. Sim. Era isso. A primeira colherada deliciosa trouxe tudo de volta. Era tudo muito proustiano, *em busca do tempo perdido* e todas essas coisas boas.

Como eu adorava aquelas tardes de domingo, ali, com Michael, e na Tiffany, onde quer que Vivienne quisesse ir, desde que eu estivesse incluída.

Minha mãe e seus amigos ficavam sentados fofocando ou fazendo negócios, e Michael e eu vagávamos no nosso pequeno mundo imaginário. Teria sido a última vez que eu realmente me senti feliz? Se foi, então eu era mais lamentável do que gostaria de admitir. Peguei outra colherada, dessa vez me certificando de que o sorvete viesse acompanhado da quantidade certa de calda de chocolate. Aquilo era tanto, tanto o que eu precisava. Aquilo e o imenso anel na minha mão direita. Mexi os dedos, deixando-o pegar a luz. Falando em lamentável, como eu não parecia conseguir evitar, precisei admitir que ainda acreditava no meu amigo imaginário de infância. O que isso dizia a meu respeito?

E então...

Pisquei, desviei o olhar e pisquei de novo.

O quê...?

Eu tinha notado um casal sentado a apenas algumas mesas de distância. Um casal bonito. Na verdade, uma escolha perfeita para o jogo Jane e Michael.

Mas isso não foi o mais chocante.

Larguei a colher, limpei devagar a boca com um guardanapo e encarei de verdade. De repente, minhas mãos, meus joelhos e meu lábio inferior começaram a tremer.

O homem...? Não podia ser... Michael?

Pisquei os olhos rapidamente de novo, como um gato num desenho animado. Comecei a transpirar e continuei tremendo.

"Michael" estava com uma mulher muito bonita de cabelo escuro sedoso e vistoso. Ela era linda, na verdade. Uma daquelas mulheres lindas como modelos que pareciam aberrações primorosas da natureza. Michael sempre me dissera que só podia ser amigo imaginário de crianças. Oito anos era o limite. Foi por isso que precisou me deixar no meu nono aniversário. Ele havia sido promovido ou coisa parecida? Os adultos podiam ter amigos imaginários? Se podiam, onde estava o meu? Ou talvez... talvez não fosse Michael, afinal. Quero dizer, é claro que não podia ser Michael, que era, no fim das contas, imaginário.

Mas tinha de ser. Aquele sorriso era inconfundível.

Os incríveis olhos verdes. Ele estava bonito como sempre, talvez até mais.

Passou pela minha cabeça que eu poderia estar louca.

Bem, certo, talvez eu simplesmente ficasse com essa versão.

O que eu poderia fazer a respeito agora, de qualquer forma? Ligar para a emergência por conta própria? Então me ocorreu: se eu realmente estava louca, então não era responsável pelas minhas ações. Isso meio que me libertou de alguma maneira.

Eu me levantei da mesa e fui em direção a eles.

Se aquele homem não fosse Michael... bem, eu ia jogar os braços em volta dele de qualquer maneira. Eu provavelmente o beijaria. Talvez até o pedisse em casamento.

No dia em que me deixou, Michael disse que eu nunca nem me lembraria dele. Ele estava completamente errado sobre isso.

Eu me lembrava de tudo em relação a ele. *E aquele definitiva-mente era Michael...*

A menos que eu tivesse ficado completamente louca.

Aquilo podia acabar de qualquer maneira.

35

"Se eu comer todo este sundae, (a) será tudo culpa sua, não minha, e (b) eu não vou conseguir vestir as roupas para a minha sessão de fotos amanhã de manhã. E (c), vou ser demitida."

Michael riu.

"Ah, o lado bom. Então você vai voltar para a faculdade em tempo integral, se formar e se tornar uma professora brilhante ainda mais cedo."

Ela comeu uma colherada do sorvete, uma grande colherada, e fez uma careta engraçada com comida nos dentes, do tipo que só modelos lindas e crianças pequenas podem fazer sem deixar as pessoas com nojo. Na verdade, talvez apenas modelos.

"É isso que você acha que eu devo fazer?"

"É cl...", de repente, Michael estava olhando fixamente para o outro lado da sala.

"Terra para Michael?", Claire disse. "Ground Control to Major Tom?"[1]

Michael ainda estava olhando fixamente e pensando *isso não pode estar acontecendo. Não pode. Não deve.*

---

1 "Controle de solo para Major Tom", referência à música "Space Oddity", de David Bowie. (Esta e todas as outras notas deste livro são da tradutora.)

Por um momento, Michael entrou em pânico, depois se lembrou de que era apenas uma coincidência. Ela não conseguia se lembrar dele. As crianças nunca se lembravam. Elas sempre, *sempre* esqueciam. Era o que tornava tudo suportável.

Ele se ocupou com o cardápio, de olhos baixos.

Então a sentiu de pé ao lado da sua mesa. Fingindo indiferença, levantou o olhar.

Os olhos azuis dela estavam enormes, seu lindo rosto, pálido.

"Michael", ela disse.

Ele não respondeu. Ainda não conseguia juntar as palavras apropriadas. Ou os pensamentos.

Jane falou novamente. Não a menina Jane, a mulher madura Jane.

"Michael? *É* você, não é? Ahmeudeus, *Michael? Você está aqui.*"

36

Minha voz saiu trêmula e rouca, de modo que quase não me reconheci. Eu estava prestes a ficar muito, muito envergonhada.

"Você é *o* Michael?", perguntei novamente, pensando que, se de alguma forma eu estivesse errada, precisaria me virar e *correr*.

Ele respirou fundo. "Você me *conhece*? Tem certeza?".

Ah, meu Deus, isso podia estar realmente acontecendo.

"Claro que conheço você. Eu conheceria você em qualquer lugar..."

E então ele disse meu nome, só isso.

"Jane?"

O Astor Court é um salão grande, mas parecia estar se fechando ao meu redor. O som no ambiente também estava um pouco estranho. De repente tudo ficou irreal, para dizer o mínimo. Aquilo não poderia estar acontecendo, mas claramente estava.

A bela mulher com Michael estava limpando a boca com um guardanapo, e então se levantou.

"Ah, a misteriosa Jane", ela disse, mas num tom gentil. "Eu preciso ir, Michael. Obrigada pelo sorvete e pelo conselho." Ela me deu um sorriso e eu pisquei, porque ela realmente era muito mais deslumbrante do que eu. "Pegue meu lugar. Por favor, *Jane.*"

Michael se levantou agora, e eu estava com medo de que ele estivesse prestes a ir embora também. Dessa vez eu não o deixaria sair como fiz quando tinha nove anos. Dessa vez eu o derrubaria com uma voadora, bem ali no Astor Court, se fosse necessário. Bem sobre o tapete. Mas Michael apontou para a cadeira vazia, "Por favor, sente-se. Jane. Jane Margaux."

Eu me sentei, e então ele e eu nos encaramos. Foi como encontrar alguém dos nossos sonhos, ou fantasias, ou um personagem amado de um livro favorito. Como aquilo podia estar acontecendo? Qualquer parte daquilo? Não havia uma resposta lógica em que eu pudesse pensar. Ainda bem que havia desistido da lógica quando tinha doze anos e percebi que nunca me casaria com Simon Le Bon. Michael ainda parecia ter entre 30 e 35 anos. Eu vi exatamente o mesmo padrão reconhecível de sardas no seu nariz. As sobrancelhas, as orelhas, o cabelo e, finalmente, os olhos – era tudo igual.

Aqueles lindos olhos verdes, os olhos mais gentis que já vi. Eu havia olhado dentro daqueles olhos um milhão de vezes, e estava olhando para eles agora. Tão incrivelmente verdes. A próxima pergunta não poderia ter sido mais honesta da minha parte, e era algo que eu precisava saber desesperadamente.

"Michael, você é imaginário?"

Ele pareceu desconfortável.

"Acho que é questão de opinião."

"O que você está fazendo aqui? Como isso pode estar acontecendo?"

Ele ergueu as mãos.

"Sinceramente, eu não faço ideia. Só estou em Nova York... esperando... pela minha próxima tarefa."

"Ah, então não era ela?", perguntei, inclinando a cabeça em direção à saída.

"Você, de todas as pessoas, não precisa perguntar isso", disse Michael. "Você sabe o que eu faço, e não é com adultos."

Ele franziu a testa.

"Isso não soou bem."

"E você simplesmente veio parar no Astor Court? Num domingo? E eu acabei aqui também?"

Ele deu de ombros, impotente, parecendo tão confuso quanto eu.

"Parece que sim, hein?"

De certa forma, era reconfortante que ele parecesse tão confuso em relação à situação quanto eu.

"Jane."

Eu não podia acreditar que era ele, Michael, dizendo meu nome.

"Como você se lembra de mim? Isso não deveria acontecer."

"Não sei", respondi, com uma estranha sensação de calma tomando conta de mim. "Você disse que eu iria esquecê-lo, que eu acordaria e não me lembraria de você. Mas no dia seguinte eu acordei e percebi que você realmente tinha ido embora, e foi como se uma pedra gigante tivesse acertado o meu peito. Não consegui sair da cama. Chorei por dias."

Michael olhou para mim, horrorizado.

"Eu simplesmente... nunca me esqueci de você. Penso em você todos os dias há 23 anos. E agora você está aqui, de volta. É inacreditável." Para dizer o mínimo.

"Eu sinto muito, Jane", disse Michael. "Eles simplesmente... sempre esquecem. Eu nunca teria causado tanta dor a você se pudesse evitar."

Olhei em seus olhos, sentindo a esperança de uma criança de oito anos.

"Bem, vou pensar numa maneira de você compensar isso."

37

A próxima coisa de que tenho plena consciência era de que Michael e eu estávamos subindo a Quinta Avenida numa tarde de domingo ensolarada, e era como estar acordada num sonho. Ah, eu não sei como era, na verdade. Mas era incrível, estimulante, confuso e desorientador.

Quando eu tinha seis ou sete anos, sabia que Michael era engraçado, inteligente e muito legal comigo. Mas agora, como mulher, como adulta, percebi que havia muito mais nele do que isso. Por um lado, ele era um ótimo ouvinte, o que o colocava no topo do grupo de todo mundo com quem eu já tinha saído.

Ele disse: "Me conte tudo. Conte tudo o que aconteceu com você desde seu aniversário de nove anos".

Foi o que fiz, tentando fazer minha vida parecer muito mais interessante e excitante do que quando eu a estava realmente vivendo. Descobri que adorava fazê-lo dar risada, e ele riu bastante durante nossa caminhada naquela tarde. Assim que começamos a caminhar pelas ruas de Nova York, ele ficou muito solto e relaxado. E eu também. Mais ou menos. Mais ou menos.

Com uma percepção de adulta, observei que Michael amava a vida e as pessoas. Ele era capaz de ver o lado engraçado de quase tudo e aceitava isso, não era cruel. Ele era capaz de rir de si mesmo e se considerava um dos ridículos. Acho que devo dizer que ele ria com as pessoas, não delas.

"Então quem era ela?", perguntei sobre a morena no St. Regis.

"Eu nem me lembro de outra mulher. Que outra mulher?", Michael disse, sorrindo. "Ela é apenas uma amiga, Jane. O nome dela é Claire."

"E ela é uma *amiga?*"

"Não é esse tipo de amiga... nem do outro tipo."

"E o que é essa marca vermelha no seu pescoço? Mordida de vampiro?", perguntei. "Eu quero ouvir a resposta?"

Não que eu estivesse com ciúme. Do meu amigo imaginário de infância. Meu Deus, acho que realmente tinha pirado. Bem, eu ia seguir em frente.

"Eu luto um pouco de boxe", revelou ele.

"Ah", eu disse, tentando imaginar. "Bem, eu mesma treino com minha mãe diariamente, então isso é outra coisa que temos em comum." Ele jogou a cabeça para trás, e eu ri, e o prazer incrível que senti com isso foi quase doloroso.

Aquele era definitivamente Michael, o Michael da minha infância, mas, agora que eu era adulta, eu podia apreciá-lo de uma maneira totalmente nova. A inteligência, a sagacidade e a aparência dele... meu Deus! Havia algo sexy até no boxe, no hematoma no seu pescoço, de um jeito totalmente não moderno e politicamente incorreto. O sorriso dele sempre foi contagiante, sempre me encheu de felicidade, e ainda era, e ainda me enchia.

Claro, mesmo com o coração batendo forte com a sensação de descoberta, deixei espaço para a possibilidade de que ele desaparecesse a qualquer momento, que Michael de repente se virasse para mim e dissesse: "*Você vai esquecer tudo sobre mim, Jane. É assim que funciona*".

Mas não foi o que aconteceu. Talvez não fosse acontecer de novo. Eu podia ter esperança.

"Ah, ei, aí está o Metropolitan Museum", disse Michael. "Fica aberto por mais uma hora."

Fazia menos de 24 horas que eu havia passado uma das piores noites da minha vida lá? Parecia um ano. Mas, naquele momento, eu estava ansiosa para voltar. Porque, com Michael, tudo era possível.

38

"Aonde devemos ir primeiro?", perguntei a ele, quando estávamos no enorme hall de entrada do museu.

"Eu gostaria de mostrar a você...", Michael começou, então riu de forma autodepreciativa. "Quer dizer, tenho certeza de que você já viu um milhão de vezes. Mas eu sempre quis ver com você. Está bem?"

"Sim." Francamente, naquele momento ele poderia ter dito "acho que vou comer um monte de ração de gato, vamos comigo?", e eu teria aceitado. Michael segurou meu braço.

Pareceu uma coisa muito natural para ele fazer, mas me fez estremecer e me sentir quase tonta – de um jeito bom. Exceto, é claro, se eu *realmente* desmaiasse. Isso não seria tão bom.

De braços dados, subimos a grande escadaria.

Eu adorava estar ali com ele junto, mas estava ciente de que realmente não importava onde estávamos, porque eu tinha de estar sonhando, não?

Viramos à esquerda, passamos por uma grande porta de madeira e, em seguida, estávamos numa das salas mais bonitas do mundo. Enormes telas dos nenúfares de Monet cobriam as paredes, cercando-nos, levando-nos a um mundo diferente.

"Por que coisas tão lindas me dão vontade de chorar?", perguntei a Michael enquanto me inclinava para ele. Era uma pergunta imprudente, que eu jamais teria feito a Hugh.

"Não sei", disse Michael. "Talvez a beleza, a verdadeira beleza, seja tão avassaladora que vá direto ao nosso coração. Talvez nos faça sentir emoções que estão trancadas dentro de nós." Ele piscou e deu um sorriso tímido. "Desculpe. Eu tenho visto *Oprah* novamente."

Sorri de volta, encantada com aquele homem que realmente era capaz de rir de si mesmo. Exatamente o oposto de Hugh: que *não* era Grant, *não* era Jackman e *não* era mais nada na minha vida.

Caminhamos pela sala espetacular, enchendo nossos olhos e nossos corações sem falar por alguns momentos. Depois de um tempo, parecia que ambos sabíamos que estava na hora de partir.

"Vou acompanhar você até sua casa", informou Michael. "Você se importa?"

Eu me importava? Claro que não me importava.

"Não, isso seria ótimo", eu disse. "Não é longe daqui, na Park. Na altura do 70."

"Eu sei", respondeu ele.

"Como você sabe?", perguntei, surpresa.

Ele fez uma pausa.

"Eu simplesmente sei, Jane. Você sabe como eu sou. Eu simplesmente sei algumas coisas."

À medida que a tarde se transformava em noite, o ar esfriava e o céu escurecia. Caminhamos para leste, em direção à Park Avenue, mas Michael não segurou mais meu braço e eu comecei a temer dizer adeus. Eu não sabia se conseguiria suportar. Sabia que não teria escolha.

Na Rua 80, passamos por um edifício requintado. Pelas portas de vidro, vimos que o saguão estava repleto de antiguidades francesas, as paredes revestidas de dourado. No meio do saguão havia um grande vaso esmaltado segurando o maior arbusto de gardênia que eu já tinha visto.

"Ah", eu disse. "Eu amo gardênias. O perfume delas. São tão bonitas."

131

"Continue andando", pediu Michael. "Já alcanço você."

Rezando nervosamente para que ele não desaparecesse, caminhei devagar, tentando não olhar para trás. Alguns momentos depois, Michael estava de volta ao meu lado, segurando uma única gardênia branca. Suas bordas frágeis eram tingidas com o mais leve rosa, e o aroma perfumou o ar ao nosso redor.

"Como você faz isso?", perguntei.

"O quê? Pegar uma flor para você?"

"Não. Ser tão... perfeito." Inalei o doce perfume da minha gardênia, sentindo-me de repente perto das lágrimas.

Sem responder, Michael pegou meu braço de novo, e a sensação foi familiar e calorosa.

Continuamos descendo a Park Avenue, e eu tentava alongar cada segundo, caminhando cada vez mais devagar. Mas não podíamos adiar o inevitável, e então estávamos na frente do meu prédio.

"Boa noite, senhorita Margaux", disse Martin. "Ah, e boa noite, senhor." Martin olhou para Michael, quase como se já o tivesse visto antes, mas era impossível. Eu estava morrendo de vontade de convidar Michael para subir, mas pareceu atrevido demais, presunçoso demais, *Vivienne* demais. A única coisa mais constrangida do que o silêncio repentino entre nós foi o aperto de mão educado que trocamos. Mas eu não podia deixá-lo simplesmente sumir na noite.

"Michael, eu preciso perguntar", disparei. "Eu sinto muito, mas preciso. Você vai embora de novo?"

Michael fez uma pausa, e senti minha cabeça se enchendo de uma pressão extrema, como se meus ouvidos fossem estourar. Então Michael segurou minha mão mais uma vez e sorriu, gentil.

"Vejo você amanhã, Jane. Eu... já estou com saudade", ele disse.

39

Tive uma leve sensação de que era de manhã e que eu estava acordando, e que algo na minha vida havia mudado dramaticamente. Então me lembrei de Michael, e meus olhos se arregalaram. Por favor, Deus, que não tenha sido apenas um sonho, implorei em silêncio.

Sentindo-me frágil como vidro, virei lentamente a cabeça em direção à minha mesa de cabeceira. Lá estava minha gardênia branca, que Michael me dera no dia anterior. Toquei na flor para ter certeza de que era real – *era* – e então sentei e balancei as pernas para o lado da cama. Não tinha sido um sonho.

Então assim é se sentir "feliz", pensei. A energia, o sorriso automático. É assim que é esperar ansiosamente pelo dia, acreditar que coisas boas podem acontecer. Era um sentimento novo e diferente.

Na cozinha, me servi de um grande copo de suco de laranja. Minha secretária eletrônica estava piscando com urgência para mim, então bebi o suco e apertei o botão de reprodução antes que ela tivesse um ataque cardíaco.

"Jane, sou eu. O que posso dizer? Me desculpe. Não sei o que deu em mim. Eu me sinto péssimo por causa da coisa do carro no Brooklyn. Ligue para mim e..."

Apagar.

"Jane-Querida, acho que foi pouco educado da sua parte não comparecer ao almoço. Não consegui lhe dar seu beijo. E, você sabe, Karl Friedkin é de vital importância para..."

Apagar.

"Jane-Querida, eu estava pensando sobre aquela entrada da quarta cena em Graças aos céus. *Não sei quem de Hollywood você conseguiu para escrever este roteiro..."*

Apagar.

Não me incomodei com as outras nove mensagens. Simplesmente apertei o botão Apagar.

Tomei um banho, deixando a água correr mais fria do que o normal. O frio foi revigorante, e eu me senti muito viva, a pele formigando, o sangue pulsando. Enquanto me secava, pela primeira vez meus olhos não evitaram o espelho de corpo inteiro. Sabe, eu não estava tão mal. Minha pele estava fresca e rosada. Meu cabelo molhado estava espesso e saudável. Eu estava com sobrepeso? De jeito nenhum. Eu era voluptuosa, com curvas de mulher. *Uma mulher é assim*, disse a mim mesma.

Vesti uma calcinha de seda lilás e caminhei até o armário, já sabendo que hoje não usaria nenhuma das minhas saias e camisas pretas habituais.

Vesti meu jeans desbotado favorito, macio e confortável. Coloquei uma blusa branca de que sempre gostei. Prendi um velho cinto de cowboy em volta da cintura. Agora estava despreocupada e feliz, confortável em minha própria pele, talvez pela primeira vez desde meus oito anos de idade.

Pouco antes de sair do apartamento, segurei a gardênia perto do rosto e cheirei.

Então coloquei meu novo anel de diamante e fui para o escritório.

40

"Aqui estão suas mensagens. Aqui está seu café. E esse barulho parecido com o de uma britadeira é o som dos saltos altos da sua mãe no corredor."

Minha secretária, Mary-Louise, me entregou uma caneca com um logotipo do filme *Fazendo história*. Eu tinha adorado a peça *e* o filme, então havia esperança para *Graças aos céus*, certo?

"Humm. Obrigada. Está uma delícia", disse eu, tomando um grande gole de café.

"Que bom. Acho que, quando me expulsarem daqui, posso ir trabalhar numa Starbucks."

"Talvez nós duas", murmurei. "Baristas para sempre."

Comecei a examinar a pilha de mensagens. Sem surpresa, a grande maioria era de Hugh, da sua agente nojenta e do seu desprezível empresário. Os três conseguiram gerar onze ligações diferentes. Eles podiam beijar minha bunda vestida com jeans.

"Eu nem me incomodei em lhe dar as mensagens da..."

A porta se abriu no meio da frase de Mary-Louise. Vivienne estava ali absolutamente furiosa.

"*Sua mãe.* E posso apresentá-la agora."

Vivienne ficou ali parada, com as mãos nos seus quadris tamanho 38.

Precisei de todo o meu autocontrole para não dizer: "Está pronta para o seu close, senhorita Desmond?".

Primeiro ela me deu meu beijo matinal. Então, tudo começou.

"É quase meio-dia, Jane. Onde diabos você estava? E, pelo amor de Deus, o que você está vestindo? Está indo para um *rodeio?*"

Continuei vendo as mensagens. Não havia nada de Michael.

"Eu lhe fiz uma pergunta", Vivienne disse em voz alta, encostando-se na minha mesa, para me encarar melhor.

"Num tom muito civilizado, devo acrescentar."

"Você tem outro adoçante?", perguntei a Mary-Louise.

Ela assentiu com a cabeça e abriu uma gaveta da mesa.

Minha mãe pareceu não saber o que dizer por um momento, mas é claro que isso era bom demais para durar. Ela recuperou o fôlego enquanto eu punha o adoçante no café.

"Bem, com certeza quero saber onde você esteve ontem *e* ontem à noite", disse ela com firmeza. "Eu liguei para você tantas vezes que acho que quebrei o botão de rediscagem. Você não tem a cortesia de responder ao telefonema da sua mãe? Sua secretária eletrônica está quebrada? Ou isso é algum tipo de rebeldia adolescente com vinte anos de atraso?"

Com meu silêncio contínuo, Vivienne mudou de tática.

"Fiquei sabendo do que aconteceu com os pobres Hugh, Felicia e Ronnie", comentou ela, fazendo soar como "Hiroshima ligou. Disseram que você os bombardeou". "Eu não sei que diabos há de errado com você. Você sabe como todos estão zangados? E com razão. Porque você é teimosa, e você está *errada*. Eu conheço o *show business* como você jamais vai conhecer, e Hugh McGrath é perfeito para esse papel no filme. Sem Hugh, *não* existe filme."

"Hugh, obrigada, mamãe", eu disse, mas ela não entendeu a brincadeira com "Hugh" como interjeição. Tomei outro gole de café e deixei as mensagens telefônicas caírem como confete na cesta de lixo.

"Você tem sorte de eu estar aqui para fazer o controle de danos", minha mãe continuou. "Vamos ter de nos encontrar com o pobre Hugh e o pessoal dele na hora do almoço. Ligue para o Gotham Bar and Grill. Nós os encontraremos lá à uma. Se eles deixarem você entrar no lugar vestida como uma cowgirl."

Bebi o resto do café.

"Terminou, mamãe?"

Os olhos dela ardiam.

"Primeiro, eu sou uma mulher adulta. Eu *saí* ontem. Com um amigo. Onde estávamos, não é da sua conta. Não, minha secretária eletrônica não está quebrada. Mas eu estava ocupada. Isso não é rebeldia adolescente, já que, como mencionei, sou uma mulher adulta. Esta sou eu, agindo como uma mulher adulta. Eu sugiro que você se junte a mim. Agora, quanto ao Hugh, que *não* era Hugh Grant, que *não* era Hugh Jackman e que *não* tinha papel nenhum no filme. Essa discussão está encerrada. Nunca mais falaremos sobre isso. *Graças aos céus* é minha propriedade. Eu consegui o financiamento. Eu envolvi o estúdio. E eu quero alguém melhor do que Hugh *McGrath*. Você está me ouvindo, mamãe? *Eu nunca mais quero discutir isso.* Então, o almoço com Hugh e seus minions está fora de questão. Não vou responder à sua crítica sobre minha roupa porque eu decido o que vou vestir e não estou realmente interessada na opinião de ninguém." Exceto na de Michael. "E sabe de uma coisa, mamãe? Acho que estou ótima."

Vivienne me olhou boquiaberta, como se tivessem me surgido antenas. Ela gaguejou por alguns segundos, então se virou e saiu correndo, batendo minha porta primeiro, depois a porta do seu escritório no corredor.

"Isso será tudo?", perguntou Mary-Louise.

"Acho que é suficiente."

41

O que estava acontecendo com ele? Mais especificamente, o que estava acontecendo com ele *e Jane?*

Quem dera ele soubesse.

Michael entrou no chuveiro e ligou a água quente. Ele ia ver Jane hoje. Estava se sentindo nervoso, animado, feliz e meio apavorado, tudo ao mesmo tempo. Aquela era a maior emoção que ele já havia experimentado, e ele estava se sentindo meio enjoado, na verdade.

Ficou no banho por muito tempo, depois se enrolou numa toalha, enxugou a umidade do espelho da pia e começou a se barbear. Sentindo como se não reconhecesse o rosto no espelho, cobriu-o com creme de barbear e começou a traçar faixas suaves com um daqueles aparelhos supereficientes de cinco lâminas.

E então aconteceu.

Algo que nunca havia acontecido com ele antes. O impensável.

Ele se cortou ao fazer a barba.

Pela primeira vez.

Uma mancha vermelha saltou perto do seu queixo, depois se misturou ao creme de barbear para formar uma mancha rosa.

Ele assistiu ao fenômeno como se estivesse presenciando um milagre, como água jorrando de repente de uma pedra, ou o jantar com os pães e os peixes. Terminou de se barbear, enxaguou o rosto e pôs um minúsculo pedaço de papel higiênico em cima da mancha de sangue. Incrível. Um curativo de papel higiênico! Outra primeira vez.

Michael se vestiu rapidamente com o que quer que estivesse limpo e saiu para o corredor. Ele se virou para trancar a porta atrás de si, bem a tempo de pegar Patty do Olympia saindo furtivamente da casa de Owen.

"Ei, Michael", ela disse, corando lindamente de um jeito antiquado. "Você se cortou ao fazer a barba, é?"

"Ei, Patty. Sim, me cortei. Não é incrível?"

"Hum, acho que sim, claro. Bem, preciso ir. Minha mãe está com Holly. Minha garotinha. Preciso levá-la para a escola. Depois vou para a fábrica de panquecas."

"Tenha cuidado lá fora", recomendou Michael. Ele queria apontar para o apartamento de Owen e dizer: "Tenha cuidado *aí dentro*", mas não fez isso.

Patty sorriu.

"*Hill Street Blues*. Eu adorava aquela série. Era o que o sargento sempre dizia, certo? Até mais, Michael."

Ele seguiu Patty escada abaixo, mas quando chegou à rua ela já tinha ido embora. Ele esperava que ela ficasse bem. Ele se sentia um pouco responsável, de alguma forma. Talvez não devesse.

Finalmente, começou a se concentrar no seu próprio dia. Ele não tinha ideia de para onde estava indo naquela manhã, mas sabia que tinha algo a ver com Jane.

"Eu me cortei ao fazer a barba!", ele se maravilhou em voz alta, recebendo alguns olhares engraçados de estranhos que passavam. "Acho que você precisava ter visto."

42

Normalmente (se dá para dizer isso), ele tomava café com doces com "amigos" pela manhã. Mas hoje ele precisava ver Jane de novo, conversar com ela. Pelo menos mais uma vez. Então Michael deu uma longa caminhada e se aventurou no prédio onde ela trabalhava, o que a princípio pareceu uma boa ideia, mas agora estava começando a parecer um grande erro, o primeiro de uma série.

O que estou fazendo aqui? O que esperava realizar?

"Olá", disse a mulher na recepção da ViMar Productions, assustando-o. "Você deve ser ator, certo? Quer deixar seu currículo?"

Michael balançou a cabeça.

"Por que você diz isso?"

"Ahn, você já se olhou no espelho?"

Ele estava tentando decidir o que dizer a seguir, quando uma imagem assustadora do passado veio a passos largos através das grandes portas vermelhas de vaivém atrás da recepcionista.

Era Vivienne, e, por Deus, a mulher era um testemunho vivo da bela arte da cirurgia plástica. Quantas dezenas de milhares de dólares haviam sido gastos para puxar aquela pele até uma suavidade tão esticada? Falando de milagres: ela não envelhecera um dia.

Havia um toque de brilho de cirurgia plástica na testa, as maçãs do rosto se destacavam de um jeito um pouco proeminente demais. Mas ela estava bem. Parecia um pouco mais frágil, mas ainda assim bastante impressionante. E cheia de energia, é claro.

Vivienne mirou nele. Michael sabia que, embora ele *a* tivesse visto mil vezes, ela estava vendo *ele* pela primeira vez.

"Ora, olá", Vivienne cumprimentou, ligando o charme na potência máxima. "Sou Vivienne Margaux. Conheço todos os protagonistas de Nova York. Então por que não conheço você? Não me diga que não fala inglês."

"Está bem, não vou dizer", Michael disse, e sorriu agradavelmente.

"Um sorriso de um milhão de dólares também." Vivienne estendeu a mão. Michael a segurou. Era macia e suave. Meu Deus, ela fez cirurgia plástica até nas mãos.

"Não sei por que nossos caminhos não se cruzaram antes. Mas é um prazer conhecê-lo. Quem você veio ver aqui?", ela perguntou, o sorriso nunca deixando seu rosto, a cabeça inclinada para um lado, do jeito de uma garota tímida de colegial.

"Uma amiga minha trabalha aqui", contou Michael.

"Ah. É mesmo? Quem é sua amiga? Se eu puder ser tão indiscreta."

"Estou aqui para ver Jane", disse Michael.

O sorriso desapareceu do rosto de Vivienne.

"Entendo", respondeu ela. Naquele exato momento, com um timing dramático perfeito, Jane entrou na área de recepção.

Ela congelou por um segundo, surpresa por ver Michael no escritório. Então, um sorriso adorável e lento surgiu no seu rosto, e Michael não conseguiu desviar o olhar dela. Ela caminhou em direção a ele e gentilmente tirou o pedaço de lenço de papel do seu queixo – como se fosse a coisa mais natural do mundo a fazer.

"Ele sente dor", foi tudo o que ela disse.

"Sente, sim. E sangra", Vivienne falou. "Acabei de conhecer seu *amigo*, Jane-Querida."

"Que bom", respondeu Jane.

"Qual o nome dele? Ele não me falou."

"Michael", respondeu Michael.

"Michael do quê?", Vivienne perguntou.

"Apenas Michael", Jane disse, e então apertou o botão para chamar o elevador.

"Ah, como Sting ou Madonna."

"Isso mesmo", confirmou Jane, tranquila.

Michael podia ver que Vivienne estava ansiosa por mais informações, mas, se Jane não queria fazer isso por ela, não seria ele quem faria.

"Pronta para o almoço?", Michael perguntou a Jane.

"Morrendo de fome."

"Jane, você acabou de chegar", censurou Vivienne. "Temos reuniões e telefonemas... e essa coisa com Hugh *não* está resolvida."

"Está bem, tchau", Jane disse docemente, como se não a tivesse ouvido.

As portas do elevador se abriram, e ela e Michael entraram.

Quando as portas se fecharam, Michael apontou: "Quase não saímos de lá com vida, Bonnie".

"Quase, Clyde. Mas conseguimos. Não olhe para trás. Ela vai nos transformar em estátuas de pó facial."

"Vou tentar", disse Michael.

43

Se eu pudesse pegar uma experiência na minha vida e fazê-la durar para sempre, escolheria o momento em que vi Michael esperando por mim na recepção do escritório da minha mãe.

Não seria tê-lo visto no St. Regis pela primeira vez.

Não seria ter caminhado pela Quinta Avenida com ele.

Não. Seria o momento no escritório.

Porque isso significava que ele era real. E tornou todo o resto real: o dia anterior no St. Regis. Nosso passeio no museu. A gardênia que ele me deu. Tudo realmente havia acontecido. O que provavelmente significava que *existia* um Papai Noel, um Coelhinho da Páscoa, um George Clooney.

"Vamos para longe daqui", eu disse a Michael.

"Está bem. Aonde você gostaria de ir?"

"Paris. Só que preciso voltar para uma reunião às duas horas."

"Então Paris provavelmente esteja fora de questão. Vamos pegar um táxi e ver aonde ele nos leva."

Michael estalou os dedos... e um táxi parou para nós. *Interessante.*

"O que foi *aquilo?*", perguntei, com os olhos arregalados.

"Para ser sincero, Jane, eu não sei. Sempre consegui fazer isso."

Dez minutos depois, estávamos caminhando pelo West Village. Primeiro, paramos num dos nossos lugares favoritos dos velhos tempos, a Li-Lac Chocolates, na sua nova localização na Oitava Avenida. Fiquei muito feliz em ver que a loja ainda existia. Compramos trufas de chocolate. Michael disse que era "para depois do almoço". Respondi que ele não podia mais me dizer o que fazer e comi uma antes mesmo de sairmos da confeitaria. Ele também.

"Imitão", eu disse.

"A forma mais sincera de elogio."

Caminhamos até a Hudson Street e entramos numa loja que vendia apenas incríveis bancos antigos de ferro fundido, como o tipo em que a gente deposita uma moeda na boca de um cachorro, pressiona um botão e a língua do cachorro vira a moeda para a mão de um malabarista.

"Caramba", Michael exclamou. "Este banco custa 995 dólares."

"Dinheiro não é problema", eu disse grandiosamente. "Você quer o banco?"

"Pode parar de se exibir, menina rica." Mas ele pareceu satisfeito. E então, bem ali no meio da loja, ele me puxou para os seus braços e me segurou perto dele, sem falar. Naquele instante, eu soube exatamente o que queria da vida: *aquilo. Aquele* sentimento, *aquela* felicidade, *aquele* abraço.

Almoçamos num delicioso restaurante francês que se chamava, simplesmente, Restaurante Francês. Sentados ali, comendo frango e *pommes frites* e bebendo vinho, conversamos, e conversamos a respeito de tudo, com facilidade, como se fosse a coisa mais natural do mundo. Nós. Ali juntos como homem e mulher. Ou mulher e o que quer que Michael fosse. Um anjo?

Tínhamos vidas inteiras para pôr em dia. Contei a Michael sobre meus quatro anos em Dartmouth, onde era a única pessoa em toda a escola que se recusava a esquiar. Ele riu quando confessei que, na semana em que me formei, entrei para um culto religioso. Os Vigilantes do Peso. Michael disse: "Você não precisa de Vigilantes do Peso, Jane. Você está linda. Você sempre foi linda. Você não sabe disso?".

"Sinceramente", eu disse, "não. Eu nunca soube disso."

Na verdade, não contei *tudo* a Michael. Embora eu tenha contado a ele as melhores histórias sobre como era trabalhar para Vivienne, não mencionei o sucesso da peça de teatro *Graças aos céus*. Ou que íamos começar a fazer um filme sobre uma menina e seu amigo imaginário. Que calhava de ser baseado na minha história com Michael.

Quando finalmente fiz Michael se abrir e falar sobre si mesmo, ele foi encantadoramente modesto, mas também muito discreto. Ele me contou apenas um pouco sobre algumas de suas tarefas favoritas ao longo dos anos. Meninos gêmeos na Carolina do Norte, a filha de uma senadora no Oregon, algumas histórias terríveis sobre um ator infantil precoce em Los Angeles, alguém de quem eu já tinha ouvido falar.

"Eu tenho muitas perguntas sobre essa coisa de 'amigo'", eu falei a ele.

"Infelizmente, não tenho muitas respostas. Gostaria de ter, Jane. Você não faz ideia."

Não foi uma resposta satisfatória, mas provavelmente era a única que eu receberia. Então perguntei a Michael algo ainda mais pessoal, que eu estava morrendo de vontade de saber.

"Você já se envolveu com alguém? Romanticamente?"

Ele se mexeu na cadeira e encolheu os ombros.

"Eu conheço pessoas", disse ele, sem responder à minha pergunta. "Eu gosto de pessoas, Jane. Todos os tipos de pessoas."

"E aposto que elas gostam de você."

Michael não parecia desconfortável. Ele apenas parecia, bem... reservado. E misterioso, é claro.

"Vamos fazer alguma coisa", Michael disse, pegando minha mão. "Não importa o quê." E estalou os dedos para chamar um táxi.

44

Não importava o que fizéssemos naquele dia. Podíamos ter cavado valas, e eu teria ficado emocionada.

Mas fizemos algo muito melhor do que cavar valas: andamos de patins nas colinas ao norte do Central Park, onde o asfalto era liso, e o trânsito, leve. Voamos como anjos sobre o cimento, mal desviando dos corredores, ciclistas e passeadores de cães e suas matilhas barulhentas.

E o tempo todo eu estava me deliciando com sua companhia e pensando: *o que está acontecendo aqui? Certamente aquilo nunca havia acontecido antes com ninguém. Precisa haver alguma explicação lógica. No entanto, talvez eu precisasse aceitar que não exista.*

Eu não andava de patins desde os dez anos de idade. Lembrei que minha mãe me chamava de "desajeitada", ou seja, alguém sem graça natural. Eu não parecia ter melhorado muito com a idade. Na Rua 96, eu estava praticamente tocando no chão enquanto tentava chegar ao topo de uma das colinas mais íngremes do parque. Minhas panturrilhas e coxas doíam. E então, de repente estávamos no topo da colina, voando morro abaixo rápido, rápido, completamente fora de controle.

"Michael!", gritei.

Ele agarrou minha mão.

"Confie em mim!", ele gritou de volta.

Então obedeci. E, surpreendentemente, nós não caímos, não apagamos. Michael estava cuidando de mim de novo, como sempre fazia.

Sãos e salvos na base da colina, nós nos atiramos sobre a grama espessa, ofegantes, a poucos metros de uma senhora numa cadeira de rodas. Ela estava lá com uma acompanhante num uniforme branco engomado.

"Achei que você tinha uma reunião às duas horas", Michael disse de repente, olhando para o relógio.

"Eu tinha. Eu a perdi." Estava sentindo uma falta de preocupação singular.

Era interessante.

A senhora estava nos observando, sorrindo agora.

Sua acompanhante colocou um xale ao seu redor e começou a empurrar a cadeira.

A mulher se virou e disse: "Boa sorte para vocês dois. Vocês formam um belo casal".

Eu concordava. Olhei para Michael, mas seu rosto não revelou nada.

"Somos um casal?", perguntei a Michael, prendendo a respiração à espera da resposta.

Ele riu de leve.

"Uma dupla de malucos, talvez", disse ele.

Não era o que eu queria ouvir, mas deixei para lá.

Como jantar, comemos cachorros-quentes no parque, picantes, temperados com mostarda e condimentos. Caminhamos, conversamos e finalmente estávamos no meu prédio mais uma vez.

"Bem, chegamos", constatei, com humor crepitante.

Ficamos do lado de fora da entrada, e Martin, o porteiro, afastou-se discretamente de nós.

Sim, eu pediria a Michael que subisse ao meu apartamento agora. Claro que sim. E Martin aprovaria.

Mas, quando as palavras fatídicas estavam prestes a sair da minha boca, Michael se aproximou. *Sim*, pensei. *Ah, sim, por favor*. O rosto dele estava a apenas alguns centímetros do meu, e eu prendi a respiração. Eu nunca o tinha visto de tão perto, sua pele macia, seus olhos verdes.

Então, de repente, ele se afastou, quase como se tivesse medo de alguma coisa.

"Boa noite, Jane", disse ele. "Foi um dia perfeito, mas acho melhor eu ir agora."

Ele se virou e foi embora rápido, e nem olhou para mim.

"Já estou com saudade", sussurrei.

Para ninguém.

45

Boa noite, Jane... Acho melhor eu ir agora.

Como ele podia ter dito isso? Como poderia ser qualquer coisa além de uma noite maluca e insone para mim depois de um dia inteiro me perdendo nos olhos de Michael? Eu definitivamente não queria ficar sozinha no meu apartamento, mas ali estava eu.

Fui até a sala de estar e fiquei olhando para a cidade enquanto comia alguns Oreos. Tudo bem, *quatro* Oreos. Meu andar era alto o suficiente para que eu pudesse ver os outros prédios próximos, e eu tinha uma bela vista do Central Park. Nova York sempre fora o lugar certo para mim, mas naquela noite parecia ainda mais, talvez porque Michael estivesse lá fora em algum lugar.

O que ele era, afinal? Um "amigo imaginário"? Um anjo? Uma alucinação? Nada daquilo fazia sentido para mim. Mas eu não tinha outras respostas.

Então o telefone tocou. De jeito nenhum eu queria ouvir minha mãe ou Hugh surtando. A secretária eletrônica que atendesse.

Primeiro ouvi a mim mesma pedindo a quem estava ligando para deixar uma mensagem. Então ouvi a voz da minha amiga Colleen, aquela que ia se casar. Nós havíamos participado do Clube do Livro juntas, do Clube de Cinema, do Clube do Rock, do Clube do Animal de Estimação Viajante. Hoje em dia provavelmente não tínhamos tanta coisa em comum.

"*Ah, Jane, é a Colleen. Queria que você estivesse em casa. Ainda não conversamos desde que contei sobre Ben.*"

Corri para o telefone e atendi.

"Colleen! Estou aqui! Estava entrando pela porta. Como vocês *estão*? Deixei um recado para você", eu disse. "Comentei que estava morrendo de vontade de conhecer esse seu advogado de Chicago."

"Eu sei, mas queria ouvir sua voz", respondeu Colleen, "em tempo real. Queria ouvir a verdadeira Jane."

"Está com ela, querida."

Então nós conversamos. Quando Colleen terminou, cerca de uma hora depois, eu seria capaz de escrever reportagens de casamento sobre os dois para o *Chicago Tribune*, o *The New York Times* e o *Boston Globe*. Ben, o filho do dr. e da sra. Steven Collins, fez a graduação na Columbia Britânica e depois estudou Direito em Michigan. Eu me perguntei se Colleen mudaria seu nome, tornando-se Colleen Collins. Enfim, Ben havia trabalhado por dois anos no escritório do promotor de Chicago. Ele havia sido apresentado a Colleen pela cunhada dele numa festa em Martha's Vineyard. Tinha um apartamento com vista para o lago Michigan. Colleen, junto com seu gato, Sparkle, estava se mudando para a casa dele. Quando Colleen começou a me contar sobre os recheios de bolo de casamento, eu interrompi.

"Nossa, parece que você está com tudo planejado." Tentei demonstrar um entusiasmo convincente. Eu amava Colleen, mas, se ela me dissesse que tinha dois ratinhos falsos vestindo roupas de festa em cima do bolo, eu provavelmente jogaria o telefone da minha varanda.

"Ah, Jane. Eu não fiz nada além de falar sobre mim, mim, mim. Você é uma ótima ouvinte."

"Sem problemas. É para isso que estou aqui. Adoro ouvir você tão feliz." E, se eu também estava com um pouco de inveja, isso era problema meu.

"Da próxima vez será você me ligando, com a mesma notícia. Mas, ouça, o que você me conta de novo?"

"Nada demais", respondi. "Você sabe: trabalhando e tentando fazer minha mãe se submeter a mim."

Colleen deu uma risadinha.

"Como sempre."

Ah, quase esqueci, acho que estou me apaixonando pelo homem mais perfeito de todos os tempos – doce, engraçado e incrivelmente bonito –, que pode ser fruto da minha imaginação. Fora isso, o mesmo de sempre, o mesmo de sempre.

46

Michael estava lá na manhã seguinte. Esperando pacientemente do lado de fora do meu prédio, como costumava fazer, tantos anos atrás. Em carne e osso, por assim dizer. Não uma alucinação. Pelo menos eu achava que não.

Ele tinha outra bela gardênia branca na mão.

"Olá, Jane", disse ele, parecendo um pouco amarrotado e adorável. "Dormiu bem?"

"Ah, sim, apaguei completamente", menti. "E você?"

Começamos a caminhar lado a lado, num ritmo perfeito, como costumávamos caminhar para a escola todos os dias. Então ele estava cuidando de mim de novo? Estava me protegendo? Por quê? Ele ao menos sabia por quê? Por que ele não tinha todas as respostas? Ele sempre sabia de tudo quando eu era pequena. Ele nunca ficava inseguro, nunca ficava hesitante. O fato de parecer tão confuso sobre isso quanto eu o tornava infinitamente mais humano, de alguma forma.

O tempo estava frio para a primavera, e o céu ameaçava uma chuva, mas nada me derrubaria naquele dia. Eu estava *esperançosa*, não estava? Pela primeira vez em muito, muito tempo.

Enquanto caminhávamos, falávamos sem parar sobre tudo e nada, o passado e o presente – mas não o futuro. Talvez conversar com Michael fosse a melhor parte daquilo, ou de qualquer amizade ou caso de amor.

Ainda que, Deus sabe, eu quisesse agarrá-lo, beijá-lo e, honestamente, fazer muito mais do que isso. Ele era bonitão de um jeito que uma criança de oito anos simplesmente não conseguia apreciar.

"Jane! Quer entrar ali? Pelos velhos tempos?"

Michael estava apontando para o outro lado da Madison Avenue, para uma pequena loja de horrores conhecida, a Muffin Man. Tínhamos ido lá em muitas manhãs havia mais de vinte anos e, para ser totalmente sincera, eu mantivera a tradição.

"Uma vez fã de muffins, sempre fã de muffins", afirmei. "Vá na frente."

Enquanto esperávamos na fila na loja, Michael disse: "Pelo que me lembro, o de maçã, canela e nozes era sua escolha".

"Ainda é." Entre outros. Não sou tão exigente quanto a muffins.

Cada um de nós comeu um muffin, embora eu tenha descoberto que não estava com tanta fome, o que era estranho, mas bom para mim.

Michael tomou um frapê de café, eu, um descafeinado. O que mais me impressionava sobre Michael e eu juntos era o pouco que Hugh e eu conversávamos, ou mesmo tínhamos em comum, na verdade.

Quando voltamos para a rua, a cerca de um quarteirão do escritório, o céu começou a desabar, caindo em baldes de chuva gelada.

"Podemos esperar embaixo daquele toldo, ou podemos correr", disse Michael.

"Correr, é claro."

Era o que eu queria fazer, correr e gritar bem alto. Então corremos pela chuva, atravessando poças que chegavam aos tornozelos e contornando pessoas que haviam sido espertas o suficiente para levar guarda-chuvas. Eu sabiamente decidi manter os gritos de abandono para mim mesma.

Praticamente nos atiramos através das portas do prédio, encharcados até o osso, mas rindo como duas crianças, ou pelo menos como adultos com problemas. Sorrindo de forma tola um para o outro, nós naturalmente nos aproximamos mais, mais... *Ah, meu Deus, eu queria... tanto... que aquilo... acontecesse.*

Mas.

"Vejo você mais tarde", Michael disse, afastando-se e perdendo o sorriso. Ele franziu a testa. "Está tudo certo? Estou... incomodando você?"

Ah, sim, você está me incomodando, sim, pensei, faminta. Mas dessa vez eu não o deixaria sair correndo.

Então agarrei seu braço, segurando-o no lugar, e o beijei – na bochecha. O beijo foi molhado da chuva, mas quente dos meus sentimentos.

"Vejo você mais tarde. Eu sempre quero ver você", eu disse, e então acrescentei: "Já estou com saudade".

Aquela era eu: arriscando, vivendo muito. *Booorn to be wi-iild*[2]... Michael me lançou um último olhar afetuoso. Então entrei no elevador lotado e apertei o botão do meu andar.

Não pude deixar de cantar de novo: "*Booorn to be wi-iild*". Não tive nenhum problema em desfraldar minha bandeira de maluquice.

Meu Deus, eu estava feliz.

---

2   "Nascido para ser selvagem", trecho da música "Born to Be Wild", interpretada pela banda Steppenwolf.

47

Michael estava na verdade muito feliz, de um jeito meio torturado.

Então ele se reuniu com alguns dos seus melhores amigos e contou a eles sobre Jane, sobre como eles haviam se encontrado de novo, o fato de ela estranhamente se lembrar de tudo sobre ele.

"Os sundaes com calda de chocolate quente, nossas caminhadas para a escola, o dia terrível em que a deixei, *tudo*!"

O grupo o apoiou, mas ficou surpreso.

Nenhum deles jamais havia experimentado algo parecido.

"Só tome cuidado, Michael", disse Blythe, de quem ele provavelmente era mais próximo. "Para o seu bem e para o de Jane. Eles deveriam nos esquecer. É assim que funciona. É assim que sempre funcionou. Algo estranho está acontecendo aqui."

"Ah, você acha?", perguntou Michael.

Às 17h45, ele apareceu no escritório de Jane, como havia prometido que faria, e deu boa-noite à sua nova amiga, Elsie, a recepcionista.

"Acho que Jane não está me esperando", disse ele.

"Pense de novo", sugeriu Elsie. "Ela está esperando por você. Ela passou a maior parte do dia esperando por você."

Elsie ligou para Jane e, um momento depois, ela surgiu, parecendo revigorada e com as bochechas rosadas. Ela estava corando?

"Eu disse que estava incomodando você", brincou Michael.

"Ele é chato mesmo", Jane confidenciou a Elsie.

"Por favor, *me* incomode", pediu Elsie, que já estava na casa dos sessenta.

A chuva havia recomeçado, mas Michael trouxera um guarda-chuva. Os dois seguiram o caminho todo até um restaurante no Upper East Side chamado Primavera, conversando como se tivessem passado meses, e não horas, sem se ver.

"Então você vê TV?", Jane perguntou, evitando uma poça ao se aproximar dele.

"Principalmente a cabo", disse Michael. "Como *Deadwood* e *Big Love*."

"Eu gosto dessas também!", Jane declarou. "O que mais você faz? Quais são alguns dos seus outros interesses?"

Michael pensou. As pessoas geralmente não perguntavam a ele sobre si mesmo. Como Claire de Lune dissera, ele era um ótimo ouvinte. "Hum, adoro jogos de futebol ao vivo", disse ele. "Eu amo Corinne Bailey Rae. NASCAR. Cézanne. The White Stripes."

Jane riu.

"Então... tudo."

Ele sorriu.

"Basicamente."

"O que você fez hoje?", Jane perguntou, enlaçando o braço no dele.

"Me reuni com alguns dos meus amigos", ele admitiu. "Amigos... do mesmo ramo de trabalho. E fiz uma longa corrida. E tirei uma soneca."

"Nossa, que especial", Jane o provocou.

"Ei, estou de férias, lembra?", ele disse. A essa altura, os dois haviam chegado ao restaurante, e Michael se deu conta: aquilo era um encontro? Porque parecia.

48

"E como foi o *seu* dia?", Michael perguntou assim que nos sentamos e pedimos para o garçom buscar uma garrafa de Frascati para nós.

Fiz uma careta.

"Nada mal, considerando que tive seis reuniões diferentes com Vivienne."

"A idade com certeza não a desacelerou."

"Não muito. Talvez um pouco. Ultimamente, pelo menos. Sabe, estou produzindo um filme, um pequeno filme, nada importante. Acho que dá para chamar de uma produção."

"Como *Chocolat*", Michael disse, e sorriu. "Eu adorei aquele filme."

Houve uma pausa. Eu estava tentando pensar em como dizer aquilo sem revelar muito.

"Vá em frente", pediu Michael. "Fale do filme. Gosto de ouvir sobre seu trabalho."

"Você provavelmente é o único", eu disse, tentando não rir com muita amargura. "De qualquer forma, temos um coinvestidor chamado Karl Friedkin. Quando passei pelo escritório de Vivienne hoje de manhã, depois de nos encharcarmos de chuva, quem estava sentado lá se não *Karl Friedkin?* Então perguntei a Mary-Louise, minha secretária. Sabe o que ela disse?"

"Que Vivienne está em busca de um novo marido. O quarto dela, certo?"

Deixei cair o pedaço de pão italiano com o qual estava gesticulando e encarei Michael.

"Incrível. Mary-Louise também sabia. Eu era a única que não sabia. Devo ser incrivelmente tapada."

"Não. Você é só um ser humano legal. Por isso, sua mente não segue esse caminho sem alguma provocação."

"E a sua segue?", perguntei.

"Vamos apenas dizer que eu vi a sua mãe em ação. Mas você sabe que ela ama você, não?"

Fiz uma careta.

"Quem não amaria? Eu sou tão *legal*."

O garçom veio anotar nosso pedido, que dividimos. Eu ainda não estava com muito apetite, o que era estranho, mas um estranho *bom*. Não estava me sentindo mal, apenas não estava a fim de comer.

Depois de dois expressos e dois Sambucas, estávamos indo para o sul na Park Avenue. A chuva tinha parado, e eu estava usando o guarda-chuva de Michael como uma espécie de bengala. Comecei a bater no ritmo e, de repente, explodi numa versão medonha de "Singin' in the Rain". Era como me ver pular de um penhasco, mas sem conseguir parar.

"*The suuun's in my heeeart, and I'm ready for looove...*"[3]

Finalmente consegui me controlar.

"Desculpe. Não sei o que deu em mim. Só... a Jane pateta", disse eu, com a bochecha quente de vergonha.

---

3 "O sol está em meu coração / e estou pronto para o amor...", verso da música "Singin' in the Rain", do clássico homônimo do cinema norte--americano.

"Eu gosto de pateta", declarou Michael. "Além disso, você estava sendo fofa, não pateta."

Está vendo? Coisas assim me faziam amá-lo ainda mais.

Olhando para cima, vi que já estávamos a poucas quadras do meu prédio. Continuamos andando, ambos em silêncio, para variar. Eu ia convidá-lo para subir? Eu queria convidar. Queria muito, muito mesmo.

Tentando controlar os nervos, olhei para Michael e então de repente paramos, e ele estava me tomando nos seus braços de novo.

Abri e fechei os olhos enquanto ele se abaixava bem, bem devagar. Quase arfei quando senti seus lábios pressionados contra os meus, e meu coração deu um salto gigante que eu tinha certeza de que ele pôde sentir. Minha mente, que eu pensava estar em frangalhos agora de qualquer maneira, estava completamente destruída. Ah, Michael... Em toda a minha vida, nunca senti nada parecido, nada nem perto disso. Finalmente nos separamos.

Olhando para ele, respirando fundo, comecei a dizer... mas então começamos a nos beijar de novo, e eu nem tinha certeza de quem havia começado, apenas que Michael estava segurando meu rosto nas suas mãos. Então ele me segurou com força, com força, num pequeno abraço de urso que eu adorava. Nós nos afastamos um pouco, e então nos beijamos de novo e de novo. Finalmente, ficamos agarrados um ao outro, sem falar, e me ocorreu que eu ficaria feliz em fazer isso por um bom tempo, como talvez pelo resto da vida. E também estava me sentindo tonta.

Eu não queria que aquilo parasse. Nunca.

49

Quando cheguei em casa do meu "encontro" com Michael, e eu definitivamente achava que havia sido um encontro, não tive a chance de processar nada do que acabara de acontecer – porque *havia alguém no meu apartamento.*

A luz da entrada estava acesa, assim como a do teto da cozinha e pelo menos um abajur na sala de estar.

Tive um pensamento maluco: o de que poderia ser Michael.

Quem sabe, talvez ele pudesse simplesmente aparecer em algum lugar.

Ou poderia ser Hugh, porque eu achava que ele ainda tinha a chave da minha casa.

Mas, se *fosse* Michael, eu não queria gritar "Hugh?" ou vice--versa. E que dilema irônico para alguém que historicamente era tão ruim com relacionamentos.

Respirei fundo e disse: "Olá?".

Ouvi "Jane-Querida" vindo da sala e, quando virei no canto, lá estava minha mãe, sentada numa das minhas poltronas.

"Pensei em passar por aqui", revelou ela, "para uma conversinha."

"Ah", eu disse, pensando que preferia ser untada com mel e amarrada a um formigueiro. "Como foi que você entrou?"

"Ainda tenho uma chave da época da reforma."

Ah, e não me faça começar a falar *nisso*. De repente, a ideia de um pequeno coquetel pós-encontro (e tinha sido totalmente um encontro) pareceu uma excelente ideia. Fui para o armário onde guardava meu suprimento embaraçosamente inadequado de bebida.

"Posso servir algo para você, mãe?" Vivienne estremeceu ao ser chamada assim, mas eu adorava fazer isso, adorava saber que eu tinha uma pessoa do tipo mãe.

Além disso, ela tinha acabado de invadir meu apartamento, então era uma "mãe".

"Xerez", ela disse. "Você sabe do que eu gosto, Jane-Querida."

Então servi seu xerez – e uma forte dose de uísque para a filha abusada.

Sentei-me diante dela na outra poltrona.

"Saúde."

"Jane-Querida", ela respondeu, "não sei o que está acontecendo com Hugh, ou o outro, ou qualquer outro que possa haver na sua vida agitada."

Seu tom de voz sugeria que o júri ainda não havia decidido se eu levava uma vida agitada ou mesmo uma *vida*, para começar. Eu simplesmente não pude deixar de interromper.

"Nossa, estou impressionada! Minha vida agitada!"

"*Por favor.*" Vivienne levantou a mão com a palma para a frente. "Me deixe falar."

Assenti com a cabeça e tomei um gole da minha bebida, fazendo uma careta quando o fogo líquido desceu pela garganta. Estava sentindo muita falta de Michael. Já.

"Jane-Querida, o que vim aqui dizer é que..."

Minha mãe parou, parecendo estranhamente sem palavras. Eu fiz uma careta e me endireitei. Ela já estava noiva de Karl Friedkin?

"Sim?", eu disse em tom de incentivo, deixando a atitude de lado.

"Bem, eu não vou estar por perto para sempre, e, quando eu for embora, a empresa será sua, e você poderá tomar todas as decisões que desejar."

Ela terminou rápido, então tomou um grande gole do seu xerez. Certo, aquela era uma abordagem completamente nova para ela. Eu estava começando a ficar preocupada.

"O que está querendo dizer, mamãe?", perguntei.

"Não interrompa. Tem mais uma coisa. Eu nunca disse isso para você, mas minha mãe morreu de insuficiência cardíaca aos 37 anos de idade. Você tem 32. Pense nisso."

Tendo dito isso, minha mãe se levantou, se aproximou, me deu um beijo na bochecha e então saiu por onde tinha entrado.

Que diabos foi aquilo? Ela achava que eu ia morrer de insuficiência cardíaca? Ela tinha sido estranha e diferente do normal. Ela estava me dizendo que tinha um problema no coração? Não, ela teria sido muito mais dramática, completando com gestos amplos e desmaios à la Bette Davis.

Como sempre, Vivienne dera a última palavra.

50

Eu sei, eu sei, eu sei. Eu sei que apertar o botão do elevador sem parar *não* faz o elevador aparecer mais cedo. Mas não pude evitar.

Depois do meu encontro de tirar o fôlego com Michael (foi *muito* um encontro) e minha conversa estranha com a misteriosa Vivienne, consegui cerca de vinte minutos de sono. Agora era a manhã seguinte, e eu estava rezando para que Michael estivesse esperando no saguão para me acompanhar até o trabalho. Meu Deus, eu queria vê-lo de novo, pelo menos mais uma vez. *Por favor. Por favor. Por favor. Que ele esteja lá embaixo. Não o deixe sair da minha vida novamente.*

Pensei em descer correndo os dez andares. Meu comprador da Saks Fifth Avenue – o presente de aniversário de Vivienne para mim (e que tipo de presente diz "você me envergonha" melhor do que um comprador pessoal?) – me mandou um terno Lagerfeld chique, calça e paletó de seda verde-azulado. Achei que estava bem com ele, talvez até melhor do que bem.

Nossa, eu estava bem! Havia até perdido um quilo e meio!

Um quilo e meio! Isso nunca tinha acontecido comigo antes.

O elevador finalmente chegou, e, ao entrar nele, tive vontade de pular para cima e para baixo para fazê-lo se mover mais rápido. *Jane. Por favor. Relaxa*, eu disse a mim mesma, e tentei ouvir meus próprios conselhos.

Quando o elevador por fim chegou ao saguão, apliquei um sorriso no rosto, mas meu coração estava disparado. As portas se abriram. E então... Apenas o porteiro da manhã, Hector, estava lá.

"Bom dia, senhorita Jane", disse ele.

"Bom dia, Hector. Como você está?" *Eu estou arrasada.*

Nada de Michael no saguão!

Nada de Michael espreitando do lado de fora da porta da frente.

Nada de Michael em qualquer lugar que eu pudesse ver.

"Posso chamar um táxi para a senhorita?", perguntou Hector.

Tentei ganhar tempo.

"Não tenho certeza. Acho que vou caminhar."

"Sim, claro. Um lindo dia para isso."

"Sim, está lindo mesmo."

Talvez Michael estivesse atrasado. *Pouco provável. Michael nunca se atrasava. Nem uma vez quando eu era criança.*

"Acho que vou precisar de um táxi", eu disse, afinal. Enquanto esperava sob a cobertura do prédio, olhei para cima e para baixo na rua com esperança de que o rosto de Michael aparecesse de repente em meio ao mar de empresários, turistas e alunos marchando pela Park Avenue.

Mas Michael não estava em nenhum lugar da multidão.

Ele havia saído da minha vida de novo? Se fosse isso, eu o mataria mesmo que levasse até o fim dos meus dias. Ou pelo menos poria uma coleira nele, com um sininho. Quero dizer, por que ele tinha se preocupado em voltar, para começo de conversa?

51

Quando entrei na área de recepção da ViMar Productions, estava me sentindo um pouco trêmula, mas estranhamente equilibrada, em relação a mim mesma, a quem eu era e para onde deveria estar indo com minha vida. Seria esse o motivo de Michael ter voltado, porque minha confiança precisava de um pequeno retoque ou, para ser mais honesta, uma revisão? Era isso que Vivienne estava tentando dizer na noite passada?

Vi Elsie acenando atrás da mesa da recepção.

"No seu escritório", disse ela. "É uma surpresa."

Ah, sim, e eu estava com muita vontade de algo inesperado. Não gosto de surpresas nem em dias bons, e hoje isso era capaz de me fazer sair correndo aos gritos pelo corredor. Quando abri a porta, fiquei certamente surpresa, mas *não* de um jeito bom. Era Hugh. E ele estava sentado à minha mesa, examinando minha correspondência.

"Agora que já conferiu as cartas, por que não verifica meu celular?", falei, jogando o aparelho em cima da mesa.

Ele se levantou de um salto.

"Jane", ele disse, andando na minha direção com os braços bem abertos. Ele estava vestindo um jeans desbotado, botas Prada pretas, o relógio que eu lhe dera no Natal anterior e uma camisa jeans cara que tinha a aparência de ter custado menos de dez dólares, embora na verdade custasse algumas centenas.

Ignorando meu olhar de desânimo e minha tensão, ele me abraçou e se aproximou para um beijo. Com uma careta, virei a cabeça, fazendo seus lábios roçarem na minha bochecha.

"Eu não estou mais bravo com você", declarou ele.

"Nossa. Gostaria de poder dizer o mesmo. Por que você não vai embora agora?"

"Vejo que você voltou em segurança do Brooklyn."

Ele esperou pela minha reação à sua piadinha, que, infelizmente para ele, foi um olhar estreito. Tirei a mão dele da parte inferior das minhas costas, caminhei até minha mesa e me sentei.

"Hugh, por que você está aqui?"

"Estou aqui porque você é minha melhor garota. Qual é, Jane. Me dá um tempo."

Improvável. Não era que meu coração estivesse frio, era que meu coração não estava registrando Hugh de forma alguma.

"Hugh, eu tenho muito trabalho a fazer."

De repente, um garotinho com ar de pidão apareceu no seu rosto.

"Jane, eu preciso da sua ajuda. Não estou pedindo muito."

Minhas sobrancelhas se levantaram, mas ele continuou mesmo assim.

"Olha, vamos ser honestos um com o outro. Eu preciso desse papel no filme. Eu preciso de *Graças aos céus*. Muito bem, você está feliz agora? Estou humilde e humilhado."

Eu ainda não disse nada, embora entendesse o que ele estava dizendo e até mesmo sentisse uma nesga de pena dele. Ainda assim, aquele era o mesmo Hugh que havia tentado trocar um anel de noivado por um papel no cinema e que me deixara sozinha no Brooklyn.

"Isso não vai acontecer, Hugh. Sinto muito, sinto mesmo. Sinto *de verdade*. Mas você não vai conseguir o papel. Você não é Michael."

"Eu sou! Pelo amor de Deus, Jane. Eu criei esse personagem."

"Não. *Você não o criou*. Você não teve *nada* a ver com a criação de Michael. Confie em mim."

Os olhos dele se arregalaram, e aquele sorrisinho de desprezo apareceu.

"Sua merdinha nojenta!", ele cuspiu. "A garotinha da mamãe fingindo que é a mamãe. Ainda num mundo de conto de fadas de quando você tinha oito anos."

Eu me levantei da mesa, esperando que minhas mãos começassem a tremer, mas isso não aconteceu.

"Isso foi desagradável, Hugh, até para você."

"Sabe onde pode enfiar esse seu filmezinho? Eu estava fazendo um favor para você, me oferecendo para participar daquela merda sentimental! Ele nem estaria sendo feito se você não fosse a filha muito carente de Vivienne Margaux."

Meus olhos estavam se enchendo de lágrimas, mas Hugh pareceu não notar, e essa foi a única coisa boa que aconteceu. Ele se aproximou da minha mesa, apontando o dedo para mim enquanto falava.

"Você precisa de *mim,* Jane. Eu não preciso de *você.* Você precisa do *meu* talento. Eu não preciso de você. O que é uma coisa boa. Porque você não *tem* nenhum talento."

Tudo ficou vermelho, como nos livros, e uma raiva ardente encheu meu peito.

"Eu não teria tanta certeza", eu disse. "Olhe *isto*, Hugh."

Puxei o braço para trás e dei um soco no rosto de Hugh, o mais forte que pude.

Silêncio.

Ambos ficamos chocados. Hugh estava com as duas mãos sobre o olho esquerdo, mas o direito estava arregalado, me encarando.

Um segundo depois, uma dor intensa encheu minha mão, e eu olhei para baixo para ver se havia quebrado alguma articulação.

"Meu Deus, Jane, você enlouqueceu completamente?"

Com minha sorte de sempre, minha mãe chegou bem a tempo de me ver dar um murro em Hugh. Excelente. Eu tinha certeza de que seria capaz de superar aquilo. Algum dia. Logo depois de Vivienne finalmente se recuperar da roupa que eu escolhi usar na minha formatura da sexta série, sobre a qual eu ainda ouvia de vez em quando.

"Enlouqueceu!", Hugh gaguejou. "Ela está maluca!"

Sabe, eu realmente não tinha como discutir com eles. Quer dizer, o que eu ia dizer? *Eu não precisaria bater em você se meu amigo imaginário, possivelmente namorado, estivesse aqui?*

Acho que não.

52

Minha mãe e aqueles malditos saltos agulha dela entraram estalando na sala, não para me ver, mas para se certificar de que eu tinha aceitado o pedido de desculpas idiota de Hugh.

"Jane, *o que* está acontecendo?", ela perguntou.

"Ela é louca, foi isso que aconteceu!", Hugh gritou.

"Nada, na verdade, mamãe", respondi, tranquila. "Hugh e eu rompemos formalmente."

"Romperam?", ela perguntou. "Como? Por quê? O que estou perdendo aqui? Eu estou perdida, e nunca fico perdida."

"Entendo por que você pode estar confusa", eu disse. "Mas, afinal, nós nunca fomos exatamente um casal, para começar. Era mais um ato solo com um parceiro."

Com os olhos arregalados, minha mãe me encarou e se inclinou para fora da porta do meu escritório.

"Mary-Louise!"

Ela devia estar à espreita do lado de fora da porta do escritório, ouvindo tudo, porque respondeu em tempo recorde.

"Pegue um pouco de gelo enrolado numa toalha de linho", Vivienne disse.

Deixe que Vivienne especifique o tipo de material para a toalha.

Hugh agradeceu a Vivienne pela sua preocupação, e ela o conduziu ao sofá de três lugares encostado na parede.

"Eu estou bem", afirmou ele. "Só vou me sentar aqui um minuto. Vivienne, não sei o que fiz de errado."

Bem, como eu disse, ele é um ator.

Minha mãe voltou a atenção para mim.

"Está vendo isso, Jane? O que deu em você? Você não pode sair por aí batendo em pessoas como Hugh. Você poderia tê-lo machucado."

"Ela *me* machucou", gemeu a voz abafada de Hugh.

"Não mais do que ele me machucou", eu disse. "Acho que você não ficou sabendo do desastre do pedido de casamento."

"Jane, não seja insolente. Estou falando sério."

"Eu também estou. Meus sentimentos não contam, porque sou apenas eu?"

"Escute, Jane, este não é seu mundo de fantasia, onde você pode fazer o que quiser", apontou Vivienne.

"Que bom que você esclareceu isso", eu disse rispidamente, cruzando os braços sobre o peito.

"Não consigo imaginar nada que Hugh possa ter feito para provocar violência física da sua parte."

"Mesmo? Bem, quando você tiver algumas horas, eu lhe darei a lista. Por enquanto, quero que vocês dois saiam da minha sala."

As bochechas de Vivienne se inflamaram, e ela caminhou na minha direção, parando a centímetros da minha mesa.

"Esta aqui não é a *sua* sala. É a *minha* sala. *Cada* cinzeiro, *cada* mesa, *cada* computador, *cada* banheiro, *cada* pedaço de papel, *cada* máquina de xerox..."

Meu queixo caiu.

"Você não estaria trabalhando aqui se não fosse por mim. Você certamente não estaria trabalhando aqui se eu soubesse que abusaria fisicamente de um ator talentoso como Hugh McGrath. Eu não preciso aturar comportamentos como este."

"Você tem razão, mamãe. Não precisa mesmo."

A raiva estava fervendo dentro de mim. Então me abaixei e peguei minha bolsa de couro preto. Em seguida, enfiei o máximo que consegui do que havia em cima da mesa – papéis, cartas, canetas e fotografias – dentro da bolsa, certificando-me de pegar a agenda de contatos.

"Não seja ridícula, Jane."

"Ah, eu não estou sendo ridícula, mamãe. Estou sendo mais sensata do que jamais fui nos últimos anos." Então acrescentei – porque esta sou eu: "Eu sinto muito".

Passei por ela e passei por Hugh. De repente, tive um pensamento maluco: *sem beijo hoje, mãe?*

Na porta, quase esbarrei em Mary-Louise. Ao percorrer o corredor em direção ao elevador, ouvi-a dizer: "Eles não tinham uma toalha de linho, senhora Margaux. A senhora terá de se contentar com algodão".

53

Naquela manhã, Michael colocou os fones de ouvido e correu até o Olympia Diner para ver Patty e se certificar de que ela estava bem, mas ela não estava lá. Então ele se sentou, tomou um café da manhã farto e gorduroso e tentou entender tudo o que estava acontecendo. Como o fato de que *ele achava que estava se apaixonando por Jane Margaux*. Ele tinha todos os sintomas clássicos: coração batendo forte, palmas das mãos suadas, lapsos de atenção oníricos, um certo grau de imaturidade, felicidade em quase todas as partes do corpo. Depois da noite anterior, ele precisava ver Jane de novo. Hoje. Pior, ele precisava beijá-la de novo. Ele a encontraria no escritório naquela noite. Ele não conseguiria ficar longe, mesmo que fosse a coisa certa a fazer para todos os envolvidos.

Quando voltou para casa do café da manhã, quase trombou com Patty – e a filha dela. As duas estavam saindo do seu prédio.

O que era aquilo? Nada bom!

Patty estava chorando e a menininha parecia triste e deslocada também. Michael tinha visto aquele olhar muitas vezes antes com suas crianças, e isso sempre partia seu coração.

"Oi, Patty", disse ele, e no mesmo instante se abaixou para falar com a garotinha. "Olá, querida. Seu nome é Holly, certo? O que está acontecendo?"

"Minha mamãe está triste", contou ela. "Ela terminou com o namorado dela, o Owen."

"Ah, é? Mas sua mamãe é muito forte. Forte como o aço. *Você* está bem?"

"Eu acho que sim. Conversei com minha amiga Martha sobre isso." Então a garota sussurrou: "Ela é invisível, sabe?".

"Ah eu *sei* sim, na verdade", disse Michael, já que Martha estava parada ali, parecendo preocupada.

Ela deu a ele um pequeno aceno.

"Oi", Michael cumprimentou, e piscou para Holly. "Como vai você, Martha?"

Martha fez um gesto com a mão.

Então Michael se levantou.

"Você é uma pessoa incrível, Patty. Você sabe disso, certo? Owen é um... jogador não preparado para adultos", disse. Não havia como disfarçar isso.

"Obrigada, Michael. Não é culpa sua", afirmou Patty. "A culpa é minha."

Então ela pegou Holly e desceu correndo os degraus da frente, com Martha logo atrás.

"Owen *é* um merda", Martha murmurou para Michael ao passar por ele.

Ele observou o trio partir e subiu os quatro lances de escada até seu andar. Sem nenhum plano em mente, ele se dirigiu para a porta de Owen e estava prestes a esmurrá-la, mas se conteve.

Dane-se! Owen Pulaski não valia a pena e provavelmente nunca valeria. Talvez tivesse acontecido algo na sua infância para confundi-lo. Na verdade, provavelmente aconteceu com muitos homens, mas ele não conseguira consertar isso, não é? Ele não podia consertar o fato de que meninos não tivessem permissão para demonstrar suas emoções, e isso parecia injusto com eles e os deixava com muita raiva, às vezes pelo resto da vida, de modo que eles descontavam em todo mundo, mas acima de tudo nas mulheres.

De repente, a porta se abriu, e Owen estava lá. Ele pareceu surpreso ao ver Michael, e uma expressão de culpa atravessou seu rosto. Mas ele a abandonou imediatamente e deu um grande sorriso de comedor de merda.

"Ei, Mike! O que está rolando, mano?"

Então Michael deu um soco nele.

"Eu estou *julgando* você, Owen. Considere-se julgado."

Mas então, sendo Michael, ele se abaixou e ajudou o grandalhão a se levantar do chão.

"Vou lhe dizer, Owen. Você entendeu tudo errado. Não há nada melhor do que amor nessa vida. É uma pedida difícil... mas encontre alguém para amar você e tente ao máximo amá-la de volta, o melhor que puder. E que não seja Patty, ou você vai se ver comigo."

Dito isso, Michael voltou às ruas. Ele precisava ver Jane – *agora*.

54

Vinte e três minutos depois, talvez 25, mas quem estava contando, Michael estava num elevador indo para o escritório de Jane. Isso não podia esperar. Quando as portas se abriram, ele percebeu que alguma coisa estava errada. Em vez do sorriso de boas-vindas usual de Elsie, ela parecia chateada.

"Vim ver a Jane", falou Michael.

"Ela não está aqui. Esperava que ela estivesse com você. Jane saiu daqui meia hora atrás."

Michael pôde ouvir Vivienne falando alto atrás da porta. Então reconheceu a voz estridente do mau ator chamado Hugh. Ele não conseguia entender o que os dois estavam dizendo, mas captou as palavras "Jane" e "louca", e os dois pareciam estar em algum tipo de pânico.

"Aquela garota não tem ideia do quanto eu a amo", Vivienne disse, "nenhuma ideia."

"O que aconteceu com ela?", Michael perguntou a Elsie. "Jane está bem?"

"Bem, não tenho certeza, mas ela teve uma briga terrível com a mãe e o namorado..."

Michael começou a interromper – ele não é namorado dela! –, então se conteve.

Elsie continuou: "Tudo o que sei é que Jane saiu correndo daqui e disse: 'Segure todas as minhas chamadas. Para sempre!'".

Elsie mal havia terminado quando a porta se abriu, e Vivienne e Hugh saíram. Hugh estava segurando uma toalha contra o rosto. Michael esperava que alguém o tivesse atingido. Alguém como Jane. A voz de Vivienne soou furiosa ao falar com Michael.

"*Você!* Você teve algo a ver com isso. Jane nunca agiu assim antes. Você a corrompeu!"

Ela estava apontando o dedo para ele como uma professora severa da Academia Superficial.

"Não sei do que você está falando", interrompeu Michael. "Jane é adulta. E ela é incorruptível! Ao contrário de Hugh!"

Os olhos de Hugh se estreitaram, e de repente ele correu para Michael e lhe deu um soco fraquinho, do tipo que teria sido coreografado num cenário. Michael o bloqueou facilmente e, sem pensar, deu um soco na boca do estômago de Hugh.

O ator se dobrou e sentou-se no chão, mais assustado do que ferido.

E Michael ficou ainda mais surpreso: *dois* socos em menos de uma hora.

"Sinto muito", disse Michael, mas mudou de ideia. "Bem, não sinto não. Você vinha pedindo por isso, Hugh. Sinto um pouco sobre Owen. Mas estou feliz por ter batido em *você*."

"Elsie, chame a polícia!", Vivienne gritou, com o rosto vermelho. "Chame a segurança! Chame alguém! E você!", ela rosnou para Michael. "Fique longe de Jane e Hugh, e não se atreva a voltar a este escritório."

Michael disse: "Nenhuma opção válida. Que tal tentar de novo?".

55

Quando Michael viu, estava na rua de novo. Ele experimentou os mesmos sintomas de antes, mas de uma forma mais preocupante: ansiedade, medo, uma pressão desconfortável no peito. Ele tinha as mesmas perguntas sobre Jane e sobre si mesmo também. Uma coisa que ele *não* tinha era o número do celular de Jane. Pensou nisso ao passar por um dos poucos telefones públicos que restavam em Nova York.

Não havia sentido em ir ao apartamento de Jane. Se ela havia deixado o escritório furiosa, não iria a algum lugar onde Vivienne pudesse facilmente encontrá-la. Então, para onde ela iria?

Ele continuou caminhando e, quando se cansou de andar, começou a correr, e quando se cansou de correr apenas correu mais rápido. As pessoas se afastavam dele na calçada, como se ele fosse louco, e talvez tivessem razão. Nova-iorquinos conheciam a loucura.

Michael pôs os fones de ouvido e ouviu Corinne Bailey Rae. Isso ajudou um pouco. Corinne era uma influência calmante. Sem se dirigir a lugar algum em particular, ele subiu a Riverside Drive, e, na Rua 110, as altíssimas torres da catedral St. John the Divine começaram a preencher o céu.

Na verdade, a rua era conhecida como Cathedral Parkway, e a St. John the Divine era a maior catedral do mundo. Isso porque a Basílica de São Pedro em Roma não é classificada como uma catedral. Michael sabia dessas coisas. Ele sempre lera muito, se considerava um estudante.

Abriu uma das portas menores que se abriam nas enormes. Então entrou, ajoelhou-se e fez o sinal da cruz.

A igreja era imensa, com pelo menos algumas centenas de metros de comprimento, e ele subitamente se sentiu pequeno.

Lembrou de ter ouvido ou lido em algum lugar que a Estátua da Liberdade caberia confortavelmente sob a cúpula central. E parecia isso mesmo. Michael se sentiu muito... *humano,* ajoelhado ali na catedral. E não tinha certeza se gostava disso. Mas também não tinha certeza de que não gostava.

56

Michael desligou a música dos fones de ouvido e começou a rezar. Ele queria respostas, precisava de respostas, mas não parecia estar vindo nenhuma para ele. Por fim, ergueu a cabeça e olhou ao redor da magnífica igreja. Sempre gostara de tudo na catedral: a mistura dos estilos gótico francês e românico; as capelas que irradiam do deambulatório; as colunas e os arcos bizantinos; vozes ecoando, um organista ensaiando em algum lugar.

Deus mora aqui! Deve morar, Michael pensou. Foi tomado por uma sensação de calma quando seus olhos pousaram sobre a magnífica rosácea situada acima do altar. Seu coração se acalmou um pouco.

Então, para seu espanto absoluto, uma lágrima se formou nos seus olhos. Ela brotou, turvou-lhe a visão e rolou pelo seu rosto.

"O que está acontecendo comigo?", ele sussurrou.

Ele havia se cortado ao fazer a barba, batido em dois caras no mesmo dia (embora ambos tivessem merecido), e agora estava chorando. Na verdade, estava sendo dominado por uma tristeza avassaladora.

Então é assim que é a tristeza. Isso é a dor no coração e o aperto na garganta sobre os quais tinha ouvido e lido tanto.

Mas Michael nunca havia sentido aquilo antes, e era tão doloroso e desagradável que ele queria que parasse.

Ele estalou os dedos, mas nada aconteceu. Ele realmente não estava no controle ali, estava? Ele estava perdido, debatendo-se, confuso. A intensa pulsação no seu coração foi substituída por uma pequena dor penetrante, e, com a dor, veio a clareza, uma sensação de conhecimento.

Uma sensação horrível de conhecimento. E talvez... uma mensagem. Era isso que estava acontecendo?

Michael achava que tinha uma resposta para as suas orações, mas não queria que fosse isso. Ele achava que sabia por que estava de volta a Nova York e por que havia se encontrado novamente com Jane Margaux. Aqueles sentimentos, como premonições, sempre precediam suas novas tarefas, e ele estava tendo uma agora. A mensagem era muito clara, e ele não conseguia se lembrar de nenhum dos sentimentos serem tão angustiantes antes. Nem uma vez, nunca, desde que era capaz de lembrar.

"Ah, não", ele sussurrou em voz alta. "Não pode ser isso."

Mas era, não era? Tudo o que havia acontecido até agora fazia sentido. Aquela era a peça que faltava no quebra-cabeça que ele estava tentando montar. Isso explicava por que ele havia encontrado Jane. Claro que sim. Era a resposta perfeita.

Ele olhou para a gloriosa rosácea mais uma vez. Depois, para o altar. Aquilo não poderia estar acontecendo. Mas claramente estava.

Muitos anos antes, Michael tinha ajudado Jane a entrar nesta vida. Havia facilitado seu caminho, sido seu amigo imaginário até que precisou deixá-la quando ela completou nove anos. E agora era quem havia sido escolhido para ajudar Jane a *sair* da vida. Ele compreendia isso agora. Ele entendeu. Tinha a ver com a mortalidade humana, não tinha?

Jane ia morrer.

Era por isso que ele estava ali em Nova York.

PARTE TRÊS

Velas ao vento

57

Chame de mensagem, quem sabe. Ou uma chamada de despertar. Um instinto?

Senti a necessidade de ir a um dos nossos "lugares": a escada da frente do Metropolitan Museum, minha vista favorita em Nova York desde que eu era uma garotinha e ia para lá com Michael.

Estava sentada nos degraus havia um tempo. Quando saí do escritório da minha mãe, automaticamente disse ao taxista para me levar até ali. Agora, minha raiva havia desaparecido e se transformado em algo vagamente parecido com força. Pelo menos era o que eu estava dizendo a mim mesma. *O que não mata fortalece, certo?* Nunca gostei particularmente desse clichê, mas não estava podendo não o usar agora. E todas as flores da primavera pareciam estar desabrochando. De onde estava sentada, podia ver flores de maçã rosa e azaleias explodindo num vermelho dinâmico. Um tabuleiro de xadrez dourado e laranja de calêndulas recém-plantadas preenchia um jardim perto da Quinta Avenida.

Assim está melhor, muito melhor.

Crianças em idade escolar saíam de ônibus escolares em frente ao museu. Velhinhas com bengalas subiam devagar os degraus, provavelmente para ver a exibição de roupas de Jackie Kennedy. Eu tinha estado lá, havia feito isso. Um casal de adolescentes sentou-se a alguns passos de mim. Eles se beijaram com vontade, e eu gostei de observá-los, porque naquele momento, pelo menos, eles estavam perdidamente apaixonados. *Eu também estava me apaixonando e não havia esperança?*

A boa notícia é que sentia como se um peso enorme tivesse sido tirado dos meus ombros. Eu estava livre de Vivienne, livre de Hugh, livre das pressões do meu trabalho, livre do expediente das nove às cinco (ou melhor, das nove às nove), livre de me preocupar com a minha aparência. Pelo menos pela próxima hora, mais ou menos.

Eu queria uma coisa na minha vida: Michael. Eu sabia que a presença dele não era confiável e que não estava inteiramente sob seu controle. Sabia que ele poderia desaparecer um dia, e provavelmente iria. Mas o amor corre riscos, e eu queria me arriscar agora. Pela primeira vez na vida eu sabia o que queria. Era um começo, não era?

Ouvi uma voz, olhei para cima e precisei proteger meus olhos do brilho do sol.

"Com licença, senhorita. Esse degrau está ocupado?"

Era Michael.

"Como sabe que sou uma senhorita?", perguntei.

58

Era realmente Michael. Ele havia me encontrado.

Mas, meu Deus, ele estava com uma aparência péssima!

"O que aconteceu com você?", perguntei, depois de dar uma olhada nele.

"O que você quer dizer? O que há de errado comigo?"

"Parece que você não dorme há dias. Está com os olhos vermelhos. Suas roupas estão encharcadas de suor. Você está..."

Ele se sentou ao meu lado e segurou minha mão.

"Eu estou bem, Jane. Estou bem mesmo."

Ele se inclinou e beijou meu pescoço. Com gentileza, com força. Eu não sabia como exatamente, e não me importava. Então Michael me beijou na boca, e cada nervo dentro de mim se iluminou. Ele me beijou uma segunda vez. E uma terceira. Encarei seus olhos e senti todo o meu corpo começando a formigar.

"Por que você não está no trabalho?", ele perguntou.

Com grande esforço, concentrei-me no que ele acabara de dizer. Dava para ver que ele sabia o que tinha acontecido.

"Jane?"

"Por que não estou no trabalho? Porque dei um soco em Hugh McGrath? Acho que também machuquei os nós dos dedos."

Michael beijou minhas mãos.

"Porque pela primeira vez eu disse onde minha mãe podia enfiar tudo e me senti muito bem, Michael. Porque larguei meu trabalho diurno, que também era meu trabalho *noturno* na maior parte do tempo."

Michael me deu um sorriso amoroso.

"Viva, Jane! Que bom!"

Eu ri.

"Viva, Jane? Que bom? Espero que isso não signifique que você acha que seu trabalho está concluído aqui. Porque *não está*, nem perto disso."

"Você é um projeto sem fim", disse ele com outro sorriso. "Mudando, evoluindo, surpreendendo."

"Excelente fragmento de frase. Você tem praticado."

Então me inclinei e o beijei de novo.

"Eu decidi que cansei de ser infeliz e oprimida. Eu quero realmente aproveitar a vida. Eu quero me divertir. Todo mundo merece isso, não?", perguntei.

"Com certeza", disse ele. "E você acima de tudo."

De repente ele pareceu muito sério, e seus olhos evitaram os meus.

Opa.

"O que foi?", perguntei.

"Jane, você se lembra daquela vez em que você era pequena e seu pai a levou para aquele longo fim de semana de primavera em Nantucket? Lembra daquilo?"

"Foi para compensar por não ter me levado a lugar nenhum no meu aniversário de cinco anos. Ou de quatro. Provavelmente o de três também."

"Sim, foi."

"Foi a primeira vez que me lembro de ser muito feliz", disse ela, sorrindo com a memória distante. "Você e eu construímos castelos de areia com meu balde idiota da Barbie com pá combinando. Nós fomos a uma sorveteria na cidade onde eles misturavam gotas de chocolate e amendoim no sorvete de café. A gente ia nadar todos os dias, embora a água estivesse absurdamente gelada."

"Bons tempos, hein?", Michael perguntou.

"Os melhores. Lembra do Cliffside Beach Club? E da praia Jetties?"

"Vamos voltar lá, Jane."

Sorri.

"Eu adoraria. Quando?"

"Agora mesmo. Hoje. Vamos. O que me diz?"

Encarei os olhos verdes de Michael e senti que algo estava acontecendo, mas não queria perguntar o que era. Imaginei que ele me contaria em breve. Além disso, lá estava a Jane covarde de novo. A fantasia é muito melhor do que a realidade.

"Eu adoraria ir para Nantucket", disse eu. "Mas você precisa prometer responder a algumas perguntas enquanto estivermos lá."

59

"Primeira pergunta", Jane começou, no caminho para o aeroporto. "Você evitou me dizer se alguma vez namorou. Mas você já se apaixonou alguma vez?"

Michael fez uma careta, suspirou e disse:

"Do jeito que funciona, Jane, é que depois de um tempo eu pareço esquecer o que aconteceu no passado. A propósito, não é uma escolha minha. Em resposta à sua pergunta, *acho que não.*"

"Então esta seria a primeira vez?", Jane perguntou, e Michael sorriu com a confiança dela em supor que ele havia se apaixonado por ela. Ele nunca dissera isso, mas ela fora capaz de perceber. E não estava errada.

"E sexo?", ela perguntou a seguir.

Michael começou a rir.

"Vamos facilitar nosso caminho. Uma pergunta de cada vez, certo? Agora, vamos falar sobre outra coisa, Jane."

"Está bem. Quando eu era pequenininha, lembro que costumávamos pegar a Eastern Airlines para Cape Cod. Íamos algumas vezes a cada verão", contou Jane enquanto o táxi chacoalhava até o antigo terminal marítimo do Aeroporto LaGuardia.

Michael lhe deu um beijo, demorando-se na suavidade dos seus lábios e notando o brilho nos seus olhos. Ela era uma mulher adulta, mas ele adorava a qualidade infantil e inocente que ela ainda mantinha intacta.

"Você está tentando me calar?", Jane perguntou. "Com essa coisa de beijar?"

"De jeito nenhum. Eu só... gosto." E beijou Jane de novo.

O taxista por fim gritou para eles: "Vocês dois vão sair do táxi ou vão ficar sentados aqui bancando os pombinhos o dia todo?".

"Bancando os pombinhos", Jane disse ao homem, rindo, e ele quase sorriu de volta.

Michael pagou o motorista e pegou as duas pequenas malas. Uma vez dentro do antigo terminal, ele parou e olhou ao redor.

"O que você está procurando agora?"

"Ele."

Michael apontou para um velho com uma jaqueta marrom flexível com as letras CCPA no bolso do peito. Ele tinha o rosto queimado de sol e coberto de rugas.

"Cape Cod Private Air?", Michael perguntou enquanto caminhava até ele.

"O primeiro e único", ele respondeu com uma voz rouca. "Sigam-me, amigos. Vocês são Jane e Michael, certo?"

"Os próprios", disse Jane.

Eles seguiram o velho e, em poucos minutos, estavam embarcando num pequeno avião que parecia suspeito, como o que Michael vira nas fotos do voo transatlântico de Lindbergh.

"Você acha que esse avião vai chegar a Nantucket?", Jane perguntou, apenas meio brincando. Michael esperava que ela não estivesse se lembrando de nenhum acidente recente com pequenos aviões.

"Tenha um pouco de fé, senhora", disse o piloto.

"Temos muito disso", garantiu Michael. "Você não faz ideia."

Em poucos minutos, as hélices estavam girando, e o avião percorria a pista como um bêbado tropeçando no Bowery.

"Quando pensava na minha própria morte, nunca realmente imaginei um acidente de avião", Jane estava tentando brincar, mas sua mão agarrou a de Michael com firmeza.

Michael sentiu a garganta apertar e o peito começar a doer de novo. Jane estava fazendo piada, mas ele teve um mau pressentimento sobre o que ela acabara de dizer. Eles deveriam cair, e então, o quê, ele morreria também? Afinal, ele havia experimentado uma série de novidades nos últimos tempos. A morte seria a última primeira vez para ele, como era para todos?

"Nós não vamos cair, Jane", disse ele, segurando sua mão com mais força.

60

O avião decolou, levando um bom tempo para encontrar a altitude de cruzeiro. Na opinião de Michael, gastaram tempo demais examinando os telhados do Queens. Quando subiram para o meio das nuvens, o avião fez um som de *putt-putt-putt* que não foi exatamente reconfortante. De alguma forma, porém, em cerca de cinquenta minutos eles estavam se aproximando de Nantucket. Era possível ver quilômetros de costa arenosa lá embaixo, além de algumas ilhas menores. Então eles pousaram – sem problemas. Jane finalmente soltou a mão de Michael.

Embora fosse apenas o final da primavera, o lugar estava lotado de pessoas com roupas coloridas de verão. Um mar de cor-de-rosa, amarelo e verde-limão. Jeans cuidadosamente desgastados e camisetas de surfe. Gaivotas grasnando no alto como se nunca tivessem visto turistas antes, ou talvez tivessem visto muitos deles.

Michael e Jane foram até a fila do táxi. O sol estava forte no céu. O ar estava fresco e limpo.

Enquanto esperavam, Jane segurou o rosto de Michael com as duas mãos.

"Michael, onde você está?", ela perguntou.

"O quê? Estou bem aqui."

Ele não sabia o que dizer, mas tinha certeza de que era melhor se recompor. Ele estava pensando na morte de Jane, mas ela estava bem ali, não estava? Ambos estavam. Então, por que ele estava desperdiçando um tempo precioso? Por que as pessoas faziam isso? Por que perder um segundo do tempo que se tem? Isso estava tão óbvio para ele agora.

"Nós estamos juntos", disse Jane, olhando-o nos olhos. "Vamos só aproveitar esse tempo, está bem? Basta deixar de lado tudo na sua mente e estar comigo. Vamos fazer tudo um dia de cada vez. Uma hora de cada vez. Minuto por minuto. Está bem?"

Michael cobriu uma das mãos de Jane com a sua e virou a cabeça para beijar a palma da mão dela suavemente. Ele sorriu e assentiu com a cabeça.

"Sim", ele disse. "Minuto por minuto. Uma hora de cada vez. Um dia de cada vez." Táxis e vans continuavam parando no pequeno aeroporto. As pessoas os carregavam com mochilas de lona da L. L. Bean e sacolas de compras da Dean and DeLuca. Michael e Jane esperaram com impaciência crescente. Por fim, chegaram à frente da fila.

"Joguem as valises no porta-malas", pediu o taxista.

Valises. Que palavra antiquada maravilhosa para se usar. Ouvir isso fez Michael sorrir, e vê-lo sorrir fez Jane dar risada. "Que bom. Você voltou."

"Estou bem aqui, Jane. Esta é minha mão segurando a sua. É meu coração batendo rápido que você está ouvindo."

Jane sorriu e deu uma última olhada ao redor. Coletando memórias, pensou Michael. A grama alta se curvava com o vento. Gaivotas voavam lá no céu. Uma adolescente loira havia montado uma barraca improvisada perto da fila dos táxis para vender geleias caseiras.

O taxista poderia ser o irmão do piloto que acabara de levá-los. Um nativo da Nova Inglaterra simples e prático, com idade entre 60 e 85 anos.

"Agora, aonde posso levar vocês, gente boa?", ele perguntou.

"Ao India Street Inn", disse Michael.

"Boa escolha", respondeu ele. "Casa do velho capitão baleeiro, sabe?"

Jane sorriu e apertou a mão de Michael com mais força.

"Boa escolha", ela repetiu. "Adoro capitães baleeiros."

"E *sim*", Michael de repente disse no seu ouvido, "em resposta à sua pergunta feita um tempo atrás. *Sim*, eu já fiz sexo antes."

61

Eis o que Jane e Michael não viram ao entrar na cidade: restaurantes fast-food, lojas de suvenires, até mesmo um sinal de trânsito. Ali realmente *era* o paraíso. Viram algumas placas caseiras anunciando o décimo festival de vinho de Nantucket e a trigésima quinta corrida de barcos Figawi. Um começo perfeito para a visita deles.

Então o táxi parou em frente ao India Street Inn.

"É assim que deve ser uma pousada em Nantucket", disse Jane enquanto passavam pela porta de entrada. Aquele era o plano de Michael: algo simples e bonito, não exagerado, apenas legal, limpo e certo para a viagem deles.

Com certeza eles haviam desenvolvido uma proficiência excelente naquele lugar, Michael pensou: gerânios vermelhos em floreiras de janela azul royal, colchas geométricas coloridas nas paredes, gravuras de passeios de trenó nos corredores e, é claro, a velha rabugenta da Nova Inglaterra que administrava o lugar.

"Vocês têm reserva? Se não fizeram, não temos quarto para vocês", disse ela. "Querendo dizer: nenhum quarto no India Street Inn."

Michael deu a ela o nome de "Michaels", e instantes depois eles foram enviados para a suíte 21, no segundo andar. Era um grande quarto com uma cama queen size e muitos móveis antigos, um mural pintado a mão na parede e toalhas brancas macias por toda parte.

Uma porta do banheiro levava a outro quarto menor. *Quartos conjugados*. O que Michael pediu quando ligou.

"Que ótimo", foi tudo o que Jane disse enquanto verificava tudo.

Ela caminhou até a janela do quarto maior e a escancarou. Uma brisa fresca soprou seu cabelo para trás, e Michael pensou que ela nunca estivera mais bonita. Alguma coisa poderia ser mais especial do que estar ali com Jane? Ele achava que não. Certamente ninguém jamais fizera seu coração bater mais rápido assim. Ele se lembraria se tivesse acontecido antes, não é?

Jane pegou um folheto de cima da mesa e começou a ler: "Café na sala da frente a partir das seis da manhã. Aulas de *windsurf* na baía distante todas as segundas e quintas-feiras. Dá para alugar bicicletas. Além disso, os visitantes podem subir na torre da igreja Old North. Vamos? Eu quero fazer tudo. Está bem?".

Michael quase podia sentir a felicidade de Jane pela forma como ela falava. Ela não estava agindo como uma garotinha, mas tinha as mesmas qualidades maravilhosas de uma: entusiasmo, curiosidade, inocência.

Eu a amo, ele pensou, e disse: "Tudo bem. O que você quiser".

E ele decidiu deixar tudo naquele lugar muito bom por enquanto.

62

A gerente deu a eles duas velhas bicicletas Schwinn – nada sofisticado, pneus grossos, pintura enferrujada, freios no pedal, muitas peças rangendo. Ela os apontou na direção geral do Siasconset, dizendo:

"A maioria dos turistas acha que 'Sconset é muito bonito e especial', porque *é* muito bonito e especial."

Jane saiu primeiro, e Michael a seguiu pela Milestone Road. Não havia muito trânsito – de vez em quando passava um jipe, uma moto, um caminhão de entrega de peixes, um grande táxi amarelo Hummer –, e depois um bando de crianças em bicicletas de corrida, andando mais rápido do que alguns dos carros.

"Tenham uma ótima lua de mel!", uma das crianças gritou para eles. Michael e Jane se entreolharam e sorriram. Depois de sete ou oito quilômetros, eles encontraram uma cerca de trilhos e uma vista incrivelmente parecida com o Serengeti, na África. Em seguida, passaram pela Tom Nevers Road e uma vista magnífica sobre pântanos de *cranberry*. Então veio o Clube de Golfe de Nantucket, hectares de campos ondulados bem cuidados e verdes que realmente faziam o golfe parecer divertido.

Veio então outra colina, mais alta que as outras. Uma placa de madeira em forma de seta dizia: SIASCONSET. Eles desceram, e lá estava: uma praia branca que se estendia até o oceano. Michael se perguntou se Jane sabia que um sol da tarde profundamente vermelho estaria se movendo acima, pronto para se pôr, para lançar uma bela luz sobre eles.

"Diga se você já viu algo tão lindo assim antes", ela disse enquanto os dois se acomodavam na areia.

"Na verdade, vi sim." Ele estava olhando nos olhos dela.

"Pare!", ela exigiu, rindo e corando. "Você vai perder toda a credibilidade no nosso primeiro dia aqui."

"Está bem."

"Não, não pare."

Então ele passou o braço ao redor dela e a observou com o canto do olho, vivendo o momento.

Eu simplesmente amo Jane. Por enquanto isso é tudo.

63

Sobre aquela coisa de sexo: não aconteceu em nossa primeira noite em Nantucket, eu tentei não pensar demais no assunto e fracassei. Ou não deixar que me incomodasse e fracassei uma segunda vez, muito miseravelmente. Cedo na manhã seguinte, partimos para o que era supostamente o ponto mais alto da ilha, chamado Folger Hill. Até tivemos o bom senso de nos encher de protetor solar e usar camisetas de mangas compridas. Eu estava amando aquilo, cada minuto, cada segundo.

Apesar de não saber o que viria a seguir, apesar de todas as dúvidas que ainda tinha, seguia meu próprio conselho e simplesmente saboreava tudo, dia a dia, hora a hora, minuto a minuto. A viagem na Polpis Road pareceu longa. Talvez eu só estivesse cansada. Além disso, estava nublado, o tipo de dia de nevoeiro que atrasava as balsas e impedia que os barcos de abastecimento chegassem a tempo.

Por fim, paramos numa pequena cidade portuária conhecida como Madaket. Havia uma loja de iscas, uma loja de ferragens e um ponto de encontro chamado Smith's Point. Por volta das 11h30, comemos peixe frito com batatas fritas numa cabana detonada que a princípio pensamos estar abandonada.

"Como você sabia sobre este lugar?", perguntei.

"Não sei direito. Eu simplesmente sabia, Jane."

Talvez para me calar, Michael me beijou, algo do que eu nunca parecia me cansar, e então comemos os mais crocantes e deliciosos pedaços de peixe frito. O cozinheiro os embrulhou em páginas do jornal *Inquirer and Mirror*. Regamos o peixe com vinagre de malte. E, como Michael acreditava que nunca se pode comer frituras suficientes de uma só vez, pedimos um cone de batatas fritas, também embebidas em vinagre. Enquanto isso, velhas canções de Bob Dylan tocavam na cozinha ao ar livre, e tudo parecia tão perfeito e mágico que senti vontade de chorar.

Às vezes eu pegava Michael olhando para o mar turbulento. Quando fazia isso, parecia estar se afastando de novo. Eu queria saber para onde ele estava indo, o que estava pensando. Ele já sabia quando iria me deixar? Eu fechava os olhos, não querendo pensar nisso. Não pensaria nisso até que acontecesse.

E teria de acontecer, certo? Era assim que isso precisava acabar. Michael partiria para cuidar de uma criança em algum lugar, talvez nem mesmo em Nova York. Como era inevitável, tirei esse pensamento triste da cabeça e fiquei de férias, apaixonada por ele.

"Do que você se lembra a meu respeito de quando eu era uma garotinha?", perguntei. Então me recostei e fiquei ouvindo as lembranças de Michael por mais ou menos uma hora. Curiosamente, ele parecia se lembrar *de tudo* agora, até do sorvete de café com rios de calda quente.

64

"Nunca pensei que diria as palavras que vou dizer", disse eu.

"E que palavras são essas?"

"Estou cheia demais para jantar."

"Jane, nós não comemos nada desde o almoço."

"Você come, eu só vou assistir", falei, e Michael me olhou preocupado.

De volta ao India Street Inn, tomamos banho e vestimos jeans, camisetas e blusões. Então fomos caminhar. Era o que fazíamos: caminhávamos e conversávamos. Fomos para longe do centro da cidade, para longe das lojas, para longe das preocupações, das responsabilidades, de tudo que tivesse a ver com o chamado mundo real, meu trabalho e Vivienne.

Passamos por casas de trezentos anos, onde antes viviam marinheiros e baleeiros, onde esposas pacientes e fiéis esperavam que seus maridos voltassem do mar; casas que estavam ali muito antes de celebridades, cantores pop, atores e escritores chegarem à ilha.

Passamos por um moinho de vento, muitos laguinhos, trilhas para caminhadas e mais casas "troféus" do que daria para imaginar.

"Tem certeza de que não está com fome?", Michael perguntou enquanto caminhávamos de volta para a pousada.

"Eu só tenho certeza de duas coisas", respondi. "Um, não estou com fome, e dois..." Fiz uma pausa, não para causar efeito, mas porque queria ter certeza do que estava prestes a dizer.

"Vá em frente", disse ele. "Duas coisas de que você tem certeza, e a segunda é?"

"Dois, eu amo você, Michael. Acho que amei você durante toda a minha vida. Eu precisava dizer isso em voz alta, não só dentro da minha cabeça."

Paramos de andar, Michael me segurou pelos quadris e, em seguida, moveu as mãos pelas minhas costas, me excitando de uma forma que me deixou, bem, pronta para qualquer coisa. Nós nos beijamos de novo, e ele me deu aquele abraço de urso que eu adorava. Então caminhamos a curta distância de volta para a pousada. Senti como se houvesse um letreiro de néon brilhando na janela da frente: E AGORA?

65

"Quase não reconheci vocês dois sem uma bicicleta entre as pernas", disse a dona da pousada quando entramos pela porta da frente. Olhei para ela, assustada. Acho que ela não queria dizer exatamente aquilo, porque se calou. Michael e eu rimos, então subimos para o nosso quarto, de mãos dadas, mas em silêncio, nenhuma palavra dita entre nós, para variar. Eu nem tinha uma pergunta que quisesse fazer a ele agora.

Dentro do quarto, começamos a nos beijar de novo. Os beijos foram fortes, e então suaves, suaves e então fortes, suaves, roçando nossos lábios um contra o outro, ouvindo um ao outro respirar. *Até onde isso vai?*, me perguntei. Quão longe isso *pode* ir?

"No seu quarto ou no meu?", finalmente consegui dizer alguma coisa.

"Eu... eu", Michael murmurou, e ele tinha um olhar preocupado no rosto.

"Vou interpretar isso como 'sim, sim'", respondi, e sorri.

Ele olhou solenemente nos meus olhos.

"Michael, qual é", eu disse enquanto acariciava suavemente sua nuca e me pressionava contra ele. "Isso é bom. *Vai* ser bom. Eu juro. Eu prometo. Eu espero? Eu acho que sim."

Ele sorriu e pegou minha mão, me levando para o quarto menor.

"Isso vai ser bom", ele murmurou baixinho. "Tem que ser. Tudo vem nos trazendo até aqui, a este momento. E aqui estamos. Você está bem?"

Eu sorri de novo.

"Você me ganhou no 'sim, sim'."

66

Eu estava ansiosa e nervosa. Principalmente ansiosa, mas...

"Esta é sempre a pior parte", disse eu, sentando-me na beira da cama.

"Qual?"

"Tirar minha roupa."

"Talvez para você", Michael provocou. "Para mim, ver você tirar a roupa vai ser definitivamente o ponto alto dos últimos muitos anos."

Comecei a mexer nos botões da blusa e, de repente, tive uma daquelas preocupações estranhas e inconsequentes que sempre pareciam surgir quando eu precisava desesperadamente me concentrar em outra coisa. Mas ali estava uma pergunta para qualquer pastor, padre ou rabino: é certo fazer amor com seu amigo imaginário? É claro que algo cheio de tanto amor não poderia ser pecado. Mas, se inexplicavelmente fosse um pecado, era grande ou pequeno? Mortal ou venial? E se seu amigo for um anjo, ou talvez seja, mas você não souber com certeza? Fosse o que fosse, Michael viu minha hesitação e tomou o controle, e minha blusa, nas próprias mãos. Foi muito hábil ao desabotoar meu sutiã – com uma mão, e em menos de cinco segundos.

"Você é bom nisso", elogiei, sentindo os nervos vibrando no estômago. Senti um rubor subindo pelo meu pescoço e rosto.

"Você ainda não viu nada", disse ele, lançando-me um olhar afetuoso.

"Ah, eu espero que sim."

"Eu também."

Começamos a nos beijar de novo, e, em seguida, Michael segurou meus seios nas mãos, fazendo-me gemer de uma forma que seria totalmente embaraçosa em qualquer outra circunstância. Nesse caso, devo dizer, pareceu meio excitante. Ele me abraçava com cuidado, como se tivesse medo de me machucar, e roçou suavemente os polegares sobre meus mamilos, me fazendo estremecer. Gentil, doce, o melhor possível.

Em seguida, percorreu minha barriga com as pontas dos dedos. Gostei disso também e me senti derretendo sob seu toque. Ele tinha um toque lindo. Sublime. Talvez ele *fosse* um anjo? A essa altura eu não sabia nem me importava. Os pelos do meu corpo estavam todos arrepiados, em posição de sentido, o que quer que aconteça em momentos incríveis assim. Eu não fazia ideia: nunca tinha experimentado nada *incrível* assim antes.

"Eu amo o jeito como você me toca", sussurrei contra o rosto dele. "Ninguém nunca me tocou assim."

A respiração dele estava ficando arfante, e ele fez uma pausa no beijo para dizer: "Eu também".

Ele me puxou para cima dele. Então sua língua lambeu levemente meus mamilos, e perdi o fôlego na mesma hora. Parei de pensar se Michael tinha experiência naquilo ou não. Nós estávamos juntos, e eu simplesmente adorava estar com ele. Talvez porque conseguia perceber que Michael estava feliz por estar comigo também. Podia sentir isso no seu toque e ver nos seus olhos verdes. Ele estava adorando aquilo tanto quanto eu.

Eu o beijei de novo, provei a doçura da sua boca e afastei meu rosto. Olhei nos seus olhos e sussurrei: "Está bem, sim, por favor".

"Está bem, Jane, sim, obrigado", Michael sussurrou, e sorriu como o sol nascendo. Então ele me deitou de costas, e eu me abri para ele, sentindo seu peso delicioso em mim, o calor da sua pele. Então ele estava dentro de mim, e isso tinha de ser a coisa certa a fazer, apenas tinha de ser, porque Michael disse: "Eu amo tanto você, Jane. Sempre amei e sempre vou amar".

E era exatamente isso que eu estava pensando, quase palavra por palavra.

67

Os dois ficaram juntos por um longo tempo naquela noite, e Jane dormiu como um bebê depois, mas Michael não conseguiu. Ele ficou deitado na cama com o rosto a centímetros do dela, acariciando seu cabelo durante uma hora, talvez mais.

Olhar para ela deitada ali tão pacificamente o fez querer... *quebrar todas as janelas do quarto.* A vida era injusta. Ele compreendeu isso pela primeira vez, na verdade. Era por isso que ele estava ali, para que pudesse aprender a ser mais compassivo? Se fosse, era uma droga, porque ele já era muito misericordioso. Qualquer um que fosse amigo imaginário de uma criança tinha de ser. Então agora quem ele deveria ser naquele pequeno melodrama? Um anjo? Uma pessoa comum? Um amigo imaginário? Ele tinha tantas perguntas quanto Jane, e ninguém estava respondendo a nenhuma delas.

Ele silenciosamente se virou, sentando-se ao lado da cama. Entrou no banheiro e se olhou no espelho.

Você precisa dizer a Jane o que está acontecendo, o que vai acontecer com ela.

Mas ele não tinha certeza se essa era a coisa certa a fazer. Poderia ser a coisa errada. Ele ligou o chuveiro, o mais quente que pôde suportar. A prateleira do boxe estava cheia de coisas de Jane – sabonete de amêndoa, condicionador Kiehl's, xampu.

Quão doente ela estava? Era câncer? Algo a ver com o coração dela? No dia anterior, depois do peixe com fritas, disse que estava tão cheia que queria chamar um táxi e não ter de voltar de bicicleta para a pousada. Depois ela se cansou de caminhar pela cidade. E ela não estava comendo muito, não para os padrões normais de Jane.

"Ei, tem tanto vapor aqui que pensei que o banheiro estivesse pegando fogo."

Ele a ouviu no quarto e começou a sorrir.

"Michael? Você está aqui?", ela chamou.

"Não, ele não está aqui. Sou só um cara com a voz dele."

Jane riu enquanto afastava a cortina do chuveiro.

"*Ah!* E aqui está outra coisa do Michael. Meu Deus, é grande. E está crescendo. Alguém pise nisso. Bata com um pedaço de pau. Ou... está bem... Acho que dá para fazer *aquilo* com isso."

68

Eis o que aconteceu a seguir.

Os dois fizeram amor de novo e então dormiram de novo. De manhã, eles acordaram com sorrisos no rosto e uma nova e alegre sensação de encantamento e contentamento.

Depois do café da manhã, partiram numa viagem de observação de baleias. Michael adorou o espanto animado de Jane quando eles viram uma jubarte incrivelmente perto do barco. Depois do almoço, foram para o farol de Brant Point. Seguiu-se uma longa caminhada pela praia, de mãos dadas, conversando e em silêncio.

Michael falou para Jane há quanto tempo ele era "amigo" e contou tudo o que conseguia lembrar. Ele se lembrava apenas das últimas tarefas mais recentes. Tinha a sensação de que houvera outros, mas as memórias tinham se desvanecido, como sonhos. Vendo Jane agora, como adulta, voltara a lembrança dos anos dos dois juntos. Ele honestamente não sabia se toda criança tinha um amigo imaginário, mas esperava que sim.

Naquela noite, Michael ligou para um restaurante local e um táxi entregou lagosta, mariscos cozidos e espiga de milho a eles direto na praia. Os dois voltaram para a pousada, fizeram amor de novo e ficaram ainda mais confortáveis um com o outro. E o sexo foi ótimo, melhor do que Michael poderia ter imaginado.

Provavelmente porque eles estavam tão apaixonados e se conheciam tão bem. Jane se sentiu um pouco enjoada durante a noite, mas tinha certeza de que era algo que ela havia comido, talvez os mariscos.

O que levou à manhã seguinte e ao aluguel de um veleiro, e então eles estavam num barco de pesca. Jane pescou cerca de uma dúzia de anchovas, enquanto Michael não pescou nenhuma. Ele tentou memorizar a aparência dela, tão encantada e triunfante, puxando mais uma anchova cintilante balançando. O cabelo dela brilhava ao sol, seu sorriso iluminava o céu. Mal podia esperar para voltar para a pousada com ela.

Antes do jantar, eles fizeram amor de novo, com uma ferocidade que pegou os dois de surpresa. Depois, não conversaram sobre isso, mas pegaram as bicicletas velhas e pedalaram de volta ao pitoresco Siasconset. No caminho de volta para a pousada, pararam e colheram ramalhetes de rosas silvestres com perfume intenso, que colocaram nas cestas de vime das bicicletas. Jantaram no restaurante Ozzie and Ed's na cidade, onde Ozzie e Ed praticamente adotaram os dois e não paravam de chamá-los de "adoráveis".

No caminho de volta do jantar, Michael disse:

"Já falei sobre Kevin Uxbridge?"

"Não. Foi uma das suas crianças? É um dos seus amigos?"

"Não. Kevin Uxbridge era da raça Douwd, em *Star Trek*."

"O original ou *A nova geração*?"

"*A nova geração*. Ele conheceu uma mulher chamada Rishon e se apaixonou por ela tão perdidamente que decidiu deixar de lado seus poderes extraordinários para se casar com ela e viver uma 'vida mortal'."

"Espero que tenha dado certo para eles", disse Jane. "Estou vendo um paralelo aqui."

"Bem, na verdade não deu muito certo", Michael admitiu. "Husnocks veio e atacou sua colônia. Rishon foi morta. Kevin

Uxbridge ficou tão furioso e arrasado que destruiu completamente a raça Husnock, todos os 50 bilhões deles."

"Nossa", exclamou Jane, "isso parece um pouco exagerado. Mas, espere, você é Kevin ou eu sou Kevin?"

"Nenhum de nós é Kevin", Michael respondeu, soando quase irritado.

"Está beeeem", disse Jane, pegando a mão dele. "Pessoalmente, sempre gostei mais dos Tribbles."

Michael decidiu desistir.

Enquanto isso, toda vez que Jane tossia ou parecia um pouco cansada, Michael voltava à realidade. Cada vez que ela mencionava uma cãibra nas pernas ou uma perda de apetite, ele estremecia. Mas ele não podia contar a ela... porque... o que isso faria além de transformar aqueles momentos especiais em algo terrível, triste demais para ser definido?

69

Quando a noite chega a Nantucket, pode ficar muito mais escuro do que em Nova York, especialmente se estiver nublado. Sem lua, sem postes, sem turistas barulhentos navegando nas estradas de tijolos. Jane dormiu, e Michael ficou olhando pela janela do quarto. Na escuridão, ele mal conseguia ver os edifícios próximos.

Como foi incrível reencontrar Jane, conhecê-la como mulher. E então os sentimentos crescendo entre os dois, os jantares e as conversas, as risadas que às vezes chegavam a ser convulsivas. Os beijos nervosos e hesitantes que eram quase como provocações, depois os apaixonados, onde se juntavam de corpo e alma. E, por fim, fazer amor, abraçar Jane por horas, tentando imaginar um futuro para os dois que fosse além de Nantucket.

Por volta das quatro horas daquela manhã, Michael sentou-se na beira da cama, observando Jane dormir de novo, tentando bolar um plano, qualquer coisa. Algo deve ter indicado a ela que ele estava acordado.

"Qual é o problema, Michael?", ela perguntou com uma voz suave e sonolenta. "O que está acontecendo? Algum problema? Você está doente?"

"Nada, Jane. Eu não fico doente, lembra? Volte a dormir. São quatro horas."

"Venha deitar comigo. *São quatro horas*."

Então Michael se deitou com Jane, aconchegando-se a ela, até que ela dormisse de novo. Ele a vigiou até seus olhos arderem. Ele faria qualquer coisa que pudesse para salvá-la. Mesmo que isso significasse... o impensável. Talvez fosse *isso*. Ele teve um pensamento, uma ideia, um pedacinho de ideia, enfim. Achou a lógica daquilo esperançosa. Ele estava ali para tirar Jane deste mundo, correto? Essa era sua missão. Mas e se ele não estivesse mais lá?

Sentiu uma dor apunhalando seu coração ao imaginar sua existência sombria, em preto e branco, sem Jane. Mas valeria a pena, se ela pudesse viver. Se ele não estivesse ali para ajudá-la a deixar o mundo, ela não ficaria necessariamente nele? Quem sabe? Ele não sabia. Mas, naquele momento, era tudo o que tinha. Ainda tentando refletir sobre sua ideia, talvez se agarrando a qualquer coisa, começou a jogar coisas na sua mochila de lona, então fechou a janela para que Jane não pegasse um resfriado. Olhou para ela mais uma vez.

Estou fazendo a coisa certa, deixando-a agora? Isso vai dar certo? Pode ser. Precisa dar. Jane não pode morrer.

Ele queria dar um beijo de despedida nela, abraçá-la mais uma vez, falar com ela, ouvir sua voz. Mas não se atreveu a acordá-la. Como poderia deixá-la de novo? Talvez porque não tivesse outra ideia e, portanto, nenhuma escolha.

"Eu amo você, Jane", ele sussurrou. "Vou amar você para sempre."

Com cuidado, ele fechou a porta atrás de si, correu pelo corredor e desceu as escadas. Havia uma balsa para Boston às cinco e meia. Ele fez uma parada na recepção e falou com o funcionário noturno.

"Minha amiga está na suíte 21. Alguém pode conferir como ela está de manhã? Digam a ela que precisei sair de repente. Um... amigo está doente. Certifique-se de dizer a ela que é um *amigo*. Uma criança."

Michael caminhou pelas ruas escuras de Nantucket, que estavam completamente vazias. Ele se sentia sozinho, isolado e à deriva. Estava tendo problemas para recuperar o fôlego, o que era incomum. Suas pernas pareciam incrivelmente pesadas. Finalmente, as lágrimas começaram a rolar pelo seu rosto.

Lágrimas reais. Entre as primeiras. Apertou a jaqueta contra o corpo e ficou esperando no cais. O barco chegaria em cerca de meia hora.

Já havia um traço de luz do sol no horizonte. Isso poderia significar que havia esperança?

Tinha de haver, porque Jane não podia morrer. Era doloroso demais até imaginar isso.

Jane não pode morrer agora.

70

Acordei na manhã seguinte já sorrindo, me espreguiçando com luxúria, me sentindo intensamente saciada daquele jeito feliz, seguro e um pouco lento de quando fazemos muito amor – amor de verdade, não apenas sexo.

Estava me sentindo maravilhosa. A luz do sol estava entrando em abundância no quarto, como se o sol estivesse tentando brilhar mais forte, apenas para nós. Ao me virar, fiquei decepcionada por não ver Michael ao meu lado. Aquele reloginho estúpido de viagem na mesa de cabeceira marcava 8h55. Mas não tinha como ser tão tarde.

O que Michael e eu havíamos planejado fazer naquela manhã, afinal? Vamos ver, falamos em voltar a uma loja de antiguidades que tinha algum tipo de entalhe em dente de baleia de que Michael havia gostado. Mas, primeiro, café da manhã numa cafeteria da cidade especializada em panquecas de mirtilo, embora eu ainda não estivesse com fome. Talvez porque estivesse perdendo peso e gostando da sensação do meu corpo. Ou, mais provavelmente, porque eu estava apaixonada.

Bem, *o que quer que fosse*, íamos nos atrasar, não é? Qualquer dia que passávamos juntos não era longo o bastante. Precisávamos aproveitar cada minuto. Além disso, Michael adorava comer, talvez porque nunca engordasse. O cretino.

Eu estava prestes a pular da cama quando tive um flashback da noite anterior. Minha mente vagou para uma conversa que Michael queria ter, algo que ele precisava me dizer. Lembrei-me de acordar durante a noite, e de Michael deitado comigo.

Onde ele estava?

"Michael?", chamei e não obtive resposta. "Michael, você está aí? Michael? Mikey? Mike? Ei, *você!*"

Saí da cama, afastei o cabelo dos olhos e olhei em volta. Não, Michael. Michael não estava em lugar algum.

Fiquei perplexa. Não podia acreditar. Olhei em volta procurando por um bilhete, mas não vi nada.

Perplexa, levei a mão à boca. *Ele simplesmente não podia ter feito isso.*

De alguma forma, voltei aos tropeções para o meu quarto, onde os lençóis desfeitos pareciam zombar de mim. A ideia de que Michael literalmente me amaria e me deixaria nunca havia me ocorrido. Eu não sabia se me sentia preocupada ou furiosa ou apenas desolada e dolorosamente destruída.

"Michael", sussurrei no quarto vazio. "Michael, como você pôde? Você não me ama? Você foi a única pessoa que..." *Ah, meu Deus, era isso, não era?* O que ele queria me dizer, por que não conseguia dormir.

Ele havia me deixado de novo por mais uma criança, certo? Ele estava de novo sendo o amigo imaginário de alguém. Corri pelos dois quartos como uma louca em busca de um fragmento perdido de sanidade. Tudo o que era dele não estava mais ali. Sua mochila havia desaparecido. Abri as gavetas da cômoda e as portas do armário. Não havia nada de Michael em lugar nenhum. Nenhum sinal de que ele sequer havia estado ali.

Olhei pela janela para um dia tão claro e bonito como qualquer outro que tínhamos passado até aquele momento em Nantucket. Um dia perfeito para andar de bicicleta, comprar antiguidades, jantar no Ozzie and Ed's, estar com alguém que amávamos mais do que a própria vida.

"Ah, Michael", eu disse, "como você pode me deixar sozinha? De novo."

Dessa vez eu não iria esquecê-lo, porque eu nunca poderia perdoá-lo... *por partir meu coração duas vezes.*

71

Homens não prestam! Mesmo os imaginários.

Cheguei a Nova York naquele dia e me senti uma estranha na minha própria casa. Tudo em cada cômodo parecia pertencer a outra pessoa. *Alguém que não era eu.* Aquela mobília era minha? Eu tinha escolhido os quadros nas paredes? Quem escolhera as cortinas? Ah, espere. Havia uma razão para que aquele parecesse o apartamento de outra pessoa. Como o apartamento de Vivienne, por exemplo. E *quem* era aquela no espelho do corredor? Não foram apenas as manchas escuras sob meus olhos que me surpreenderam.

Eu estava tão magra!

Arrastei minha *valise* para o quarto e me sentei na cama. Meus olhos turvos focaram a mesa de cabeceira. As gardênias que Michael me dera tinham sumido. A faxineira deve ter jogado as flores mortas no lixo.

Novas lágrimas brotaram dos meus olhos. E eu achava que tinha chorado tudo.

Nem perto disso, Jane-Querida!

De repente, fui inundada por uma onda horrível de náusea. Ela invadiu meu estômago e meu peito, uma sensação de queimação terrível. Mal consegui chegar ao banheiro, então me ajoelhei diante da privada, vomitando os melhores mariscos de Nantucket e segurando a barriga. Por fim, a onda diminuiu e eu lavei o rosto na pia. Minhas mãos ainda tremiam, e eu parecia pálida e meio esverdeada no espelho. Intoxicação alimentar. Exatamente o que eu precisava.

Quando me senti melhor, conferi minhas mensagens, na esperança de que Michael tivesse deixado alguma palavra, algum tipo de explicação. Mas, primeiro, é claro, havia minha mãe: "*Jane-Querida, estou preocupada com você. Muito preocupada. Por favor, me ligue. Sua mãe*".

Na verdade, de repente senti como se precisasse ligar para Vivienne. Embora ela fosse estar apoplética com minha ausência. Na verdade – e estou falando sério –, fiquei surpresa por ela não ter mandado detetives atrás de mim. Apertei o número de Vivienne na discagem rápida. Não fui atendida nem pelo caseiro nem pela empregada. Em vez disso, a ligação foi para a mensagem do correio de voz.

"*Você ligou para Vivienne Margaux...*"

Enquanto minha mãe falava, eu ensaiava a mensagem que ia deixar. Ouvi o bipe.

E então desmoronei por completo, e meu discurso ensaiado fugiu.

"Mãe, sou eu. É a Jane. Olhe. Michael me deixou. Por favor, me ligue. Eu amo você."

Eu realmente *precisava* de um dos beijos da minha mãe agora. Mais do que jamais precisei na vida.

Como não consegui mais falar depois disso, desliguei o telefone e me deitei de bruços na minha cama. De repente, comecei a soluçar de novo, mas também a tossir. E minha garganta doía. Não tive como lutar contra o próximo ataque de náusea. Fui cambaleando até o banheiro e vomitei terrivelmente. A náusea finalmente acabou. Mas a tosse não parava.

Tentei engolir em seco, mas isso só piorou as coisas. A náusea tomou conta de mim de novo, me assustando agora. Estava queimando e empolando por dentro. Não havia mais nada para vomitar. Apenas vômitos secos. E suores frios. Desabei no chão do banheiro e descansei a cabeça no tapete. Eu estava ardendo e tremendo de calafrio ao mesmo tempo. Parecia que eu ia morrer. O máximo que conseguia fazer era piscar os olhos.

Eu podia ouvir o telefone tocando no meu quarto, mas achei que não teria força suficiente para ficar de pé, ou mesmo rastejar, para atender. Mas devia ser Vivienne, e eu queria falar com ela.

Ou talvez fosse Michael?

Eu me levantei do chão e caminhei com dificuldade.

72

A preocupação de Michael, sua ansiedade, sua culpa, sua falta de sono finalmente o alcançaram na viagem de barco das cinco e meia, de Nantucket para o continente. Seus olhos começaram a arder de novo, e seu suéter de tricô não era proteção suficiente contra o frio úmido da manhã no Atlântico.

Seu terrível estado de preocupação e confusão continuou durante a viagem de ônibus para o aeroporto de Boston e depois no ônibus de Logan para LaGuardia, e a condição provocou um efeito estranho na sua visão. Era como se tudo o que ele visse perdesse a cor. A maioria das coisas parecia ter um tom de cinza nauseante. O que tinha cor aparecia em tons desbotados e fracos. Apenas algumas horas antes ele estava em Nantucket, onde tinha sido incrivelmente feliz com Jane. A maior felicidade que havia sentido em toda a sua vida. Agora tudo estava mudado.

Ele chegou ao seu prédio e subiu as escadas. Ouviu risos vindos de dentro do apartamento de Owen. Uma voz de mulher. Outra conquista? Meu Deus, era isso que Jane acharia que ela tinha sido para ele? Era o que ela pensaria? Claro que sim.

Ele largou a mochila dentro do apartamento, mas não conseguiu ficar lá. Não naquele momento, não naquele estado. Minutos depois estava subindo a Broadway rapidamente, observando pessoas cinzentas, táxis cinzentos e os prédios mais cinzentos da cidade de Nova York. Ele sentia falta de Jane com uma dor que parecia ameaçar sua vida, uma dor terrível no fundo do peito. Ele se perguntou o que ela estava fazendo, se estava bem. O plano dele havia funcionado?

Por fim, não suportou mais: ligou para o apartamento dela. Depois de ouvir o telefone tocar várias vezes, ouviu a voz de Jane.

"*Aqui é Jane. Por favor, deixe uma mensagem. É importante para mim. Obrigada.*"

Deus, ele amava sua voz.

Perto do Lincoln Center, mal evitou ser atropelado por uma motocicleta que fazia uma curva perfeitamente permitida à direita.

"Acorde, seu idiota!", gritou o motociclista. Bom conselho. Ele adoraria acordar daquele pesadelo horrível.

Percorreu outra quadra, determinado a continuar andando, e de repente percebeu: *estou indo para algum lugar, para um lugar específico!*

Mas onde?

Nordeste, parecia.

Por fim, percebeu que alguma força externa o estava fazendo se mover. E então ele *soube*, pelo menos achava que sim.

Agora estava correndo.

Seus olhos se encheram de lágrimas, e então as lágrimas não paravam. As pessoas o estavam encarando, e algumas ofereceram ajuda. Michael continuou correndo. Ele com certeza sabia para onde estava indo agora.

Hospital de Nova York.

E sabia o que encontraria lá.

"Ah, meu Deus, Jane! Não deixe que isso aconteça."

Eu queria, Michael pensou, *tê-la beijado e abraçado mais. Queria ter ficado em Nantucket. Eu queria...*

73

York Avenue e Rua 68, finalmente. Michael estava quase lá.

Ele irrompeu pelas portas da frente do hospital de Nova York. Ironicamente, já tinha estado naquele lugar infeliz antes, quando Jane extraíra as amígdalas quando criança. Passou direto pela recepção, lembrando-se de onde ficavam os elevadores.

No final do longo corredor, à direita.

Ele deveria ir para o sétimo andar.

Quarto 703.

À sua frente, várias pessoas entraram no elevador.

Duas enfermeiras de mãos dadas, um médico, alguns visitantes, uma menina que chorava pelo avô.

Por que todo esse sofrimento tinha permissão para acontecer?

De repente, ficou cheio de perguntas.

"Acho que não conseguimos enfiar mais ninguém aqui", observou um médico.

"Sinto muito", disse ele. "Nós podemos apertar, podemos encaixar. Você ficaria surpreso com o que somos capazes."

Nós, ele pensou, e disse. *Nós.*

As pessoas no elevador se entreolharam, trocando o tipo de olhar nervoso que parecia dizer: *temos um louco a bordo.*

As portas finalmente se fecharam, e o elevador começou a subir.

"Eu não deveria tê-la deixado", Michael murmurou para si mesmo. *Eu deveria ter ficado com Jane, não importava o que se passasse. E agora veja o que aconteceu. O plano tolo dele não havia funcionado. Ele causara dor a ela sem motivo. Tinha sido tão burro!*

O elevador finalmente chegou ao sétimo andar. Michael empurrou para sair primeiro, depois passou correndo pela mesa das enfermeiras. Diminuiu a velocidade ao se aproximar do quarto 703. A porta estava entreaberta. Empurrou o cabelo suado para trás e enxugou o rosto na manga. Precisava parecer calmo e controlado. Mas ele não estava calmo. Seu coração parecia que ia explodir. Ele nunca sentiu um aperto no peito antes, e agora aquilo estava bem extremo.

Ele finalmente abriu a porta, e seus olhos percorreram o quarto. Uma enfermeira estava sentada ao lado da cama, observando um monitor cardíaco.

O que ele viu a seguir o deixou sem fôlego. Ele levou a mão à boca, mas deixou escapar um suspiro, mesmo assim. Ele não estava esperando por aquilo, de maneira alguma. Mas fazia sentido para ele. Fazia tudo o que havia acontecido fazer sentido.

Havia um plano, afinal.

74

Outra pessoa estava na cama do hospital.

Não era Jane. Não era o que ele esperava e temia.

Era *Vivienne*.

No início, Michael não entendeu, mas então ele compreendeu, e algumas das peças do quebra-cabeça pareceram se encaixar para ele. Era Vivienne quem estava morrendo. Era *Vivienne* quem ele deveria ajudar. Ela estava lá, imóvel. Ele nunca a vira assim. Seu rosto estava anormalmente pálido sob o bronzeado, e ela estava sem maquiagem. Seu cabelo estava solto, e as raízes brancas estavam aparecendo. Mas, de certa forma, ela parecia serena e bonita. Ela se parecia muito com Jane, e ele sentiu por ela. Queria ajudar, se pudesse. Queria ajudar as duas.

"Vivienne", disse ele. Então, para a enfermeira: "Eu sou da família. Posso ter um minuto com ela?".

A enfermeira sorriu para ele e se levantou.

"Eu estarei lá fora. Você sabe que ela teve um AVC."

Vivienne abriu os olhos e olhou para ele. Então seus olhos se fecharam de novo por um ou dois segundos, como se ela estivesse tentando entender algo. Ele falou gentilmente.

"Vivienne, estou aqui para ajudar. Eu sou Michael."

Ela abriu os olhos, o azul profundo imaculado.

"Michael?", ela perguntou com a voz mais suave que ele já tinha ouvido dela. "O Michael da Jane?"

"Sim, o Michael da Jane." Ele pegou a mão dela. "Eu queria que você pudesse ver como está linda", disse ele. "Você tem a aparência que sempre quis. Bela."

"Tem um espelho na minha bolsa", apontou ela.

Michael foi buscá-lo e mostrou a Vivienne como ela estava. Ele nunca a vira assim, tão vulnerável, a criança nela com permissão para aparecer.

"Já estive melhor. E pior, imagino. Não importa muito agora, não é?"

"Claro que importa", disse Michael. "Ter uma boa aparência é a melhor vingança."

Ela então sorriu e pôs a mão em cima da dele.

"Onde está minha filha? Jane está aqui?", ela perguntou. "Eu não posso ir sem ver minha Jane-Querida."

75

E se eu não tivesse conseguido finalmente atender o telefone e ouvir uma Mary-Louise soluçando, quase incoerente, me dizendo para ir para o hospital de Nova York o mais rápido possível? Depois que desliguei, foi quase como se eu estivesse fora do meu próprio corpo. Ainda me sentia péssima, mas estava menos enjoada. Apenas um pouco trêmula e fraca. Vesti roupas limpas e foi como se estivesse vendo alguém que se parecia comigo correr para o saguão do prédio e dizer a Martin, o porteiro: "Por favor, chame um táxi".

Mas fui *eu* que saltei do táxi em frente ao hospital de Nova York, corri para o balcão de informações e fui informada de que Vivienne Margaux estava no quarto 703.

Mary-Louise estava esperando diante da porta fechada. Ela beijou meu rosto e balançou a cabeça para a frente e para trás. Karl Friedkin estava no final do corredor. Ele tinha a cabeça baixa, mas pude ver que seus olhos estavam cheios de dor.

"Karl estava com ela quando aconteceu", disse Mary-Louise.

A porta do quarto da minha mãe se abriu naquele momento, e uma mulher de jaleco branco me perguntou se eu era Jane. Ela se apresentou como a neurologista da minha mãe.

"Sua mãe teve um AVC", ela explicou com voz suave. "Aconteceu ontem à noite, no teatro. Ela está perguntando por você."

Assenti com a cabeça e tentei não chorar, tentei ser corajosa, do jeito que Vivienne gostaria que eu fizesse. Mas, quando entrei no quarto do hospital, de repente comecei a tremer inteira.

Lá estava mamãe, parecendo muito pálida e muito pequena, nada parecida com ela.

E, ao lado dela, segurando sua mão, estava Michael.

76

Michael olhou para mim, deu um leve aceno de cabeça e então um meio sorriso compreensivo.

"Oi", ele sussurrou. "Troque de lugar comigo."

Ele se levantou e eu assumi a cadeira ao lado da cama de Vivienne.

"Oi, mamãe. É a Jane. Eu estou aqui."

A cabeça da minha mãe se virou, e seus olhos encontraram os meus.

Ela estava respirando pesado. Achei que estava tentando falar, mas não conseguia, o que nunca havia acontecido com ela antes. Ela não usava maquiagem, nem estava com um penteado perfeito. Estava usando uma camisola normal do hospital, e foi quando eu soube o quanto estava mal. Se estivesse no mínimo do seu estado normal, teria brigado com todos para não usar aquilo.

Além disso, pareceu feliz em me ver.

Eu me aproximei.

"O que foi, mamãe? O que é?"

Ela finalmente falou, e sua voz estava suave e gentil.

"Eu fui dura com você, Jane-Querida. Eu sei disso", ela disse. Então minha mãe começou a chorar. "Eu sinto muito. Eu sinto muito, muito."

"Tudo bem. Está tudo bem", garanti a ela.

"Mas eu fiz isso para você ser forte. Fiz isso para que você não precisasse ser como eu. Tão fria, dura e conspiratória. Tão *Vivienne Margaux.* Que coisa terrível teria sido."

"Por favor, não fale. Apenas segure minha mão, mãe."

Ela sorriu.

"Eu gosto quando você me chama de mãe."

Ela sempre me disse que odiava.

Ela pegou minha mão e apertou.

"Graças a Deus, Jane-Querida, você não é nem um pouco como eu. Você é igualmente inteligente. Então terá ainda mais sucesso. Mas você sempre será gentil. Você será *Jane.* Você fará as coisas do seu jeito."

E ouvir essa admissão me levou às lágrimas, aquelas que eu vinha contendo havia anos.

"Eu achava que era uma decepção, porque não era como você."

"Ah, Jane-Querida. Não, não, não. Nunca. Quer saber de uma coisa?"

"O quê?"

"Você é a única pessoa que eu amei, a única. Você é o amor da minha vida."

O amor da vida dela.

Meus olhos doíam com as lágrimas, minha garganta e meu peito doíam, mas minha mãe parecia a imagem da paz.

E então pensei: *Então é isso?* Depois de tantos anos gritando com auxiliares de palco, gritando com secretárias, brigando com investidores. Depois de décadas dando ordens a empregadas domésticas, motoristas, fornecedores e decoradores. Depois de hectares de vestidos de grife e sapatos de mil dólares. Depois de todas as viagens a Paris, Londres, Bangkok e Cairo. É assim que termina: uma mulher frágil numa cama de hospital. Minha mãe e eu. Juntas, afinal.

"Aproxime-se, Jane-Querida", disse ela. "Não vou morder. Provavelmente não", acrescentou ela com um sorriso fraco.

230

Cheguei tão perto que nossos rostos quase se tocaram.

"Eu tenho um favor para pedir."

"Claro, mam... mãe. O que você quer?"

"Pelo amor de Deus, certifique-se de que eles me enterrem... naquele Galliano novo de brocado. Nada preto. Eu fico horrível de preto."

Não pude deixar de sorrir. Ela foi Vivienne até o fim, tão fiel a si mesma.

"O Galliano", disse eu. "Certo."

"E mais uma coisa, Jane."

"Sim?"

"Não use preto no funeral também. O preto faz a maioria das pessoas parecer mais magra. Mas, por alguma razão, faz você parecer um pouco pesada em cima."

Meu sorriso se alargou.

"Está bem, mãe. Vou vestir *cor-de-rosa*. Tenho o vestido perfeito."

"Você é engraçada", disse minha mãe. "Sempre foi. *Cor-de-rosa* num funeral. Por favor, faça isso."

Olhei para Michael. Ele estava sorrindo agora também.

Minha mãe fechou os olhos, e seu corpo estremeceu.

Eu detestava a ideia de perdê-la. Minha mãe. Finalmente ela era minha mãe.

Michael se levantou e caminhou para o outro lado da cama. Eu segurei uma mão. Michael segurou a outra. Era isso, não era? Tudo estava acontecendo rápido demais e de repente.

Inclinei-me e beijei Vivienne na sua bochecha macia e lisa. Ela sorriu e abriu os olhos de novo. Um leve aceno de cabeça me disse que ela me queria mais perto de novo.

"Jane, a única coisa que eu odeio na morte é dizer adeus a você. Eu te amo muito. Adeus, Jane-Querida."

"Adeus, mãe. Eu te amo muito também."

E então minha mãe me deu um último beijo para que eu me lembrasse dela para sempre.

231

77

Como desejou, Vivienne foi enterrada com o vestido Galliano. Ela estava linda. Na verdade, todo o funeral foi impressionante e também comovente. Por que não? Vivienne o planejara nos mínimos detalhes.

Eu vesti rosa. Um Yves Saint Laurent rosa.

A cerimônia foi realizada na Park Avenue, na St. Bart's, é claro.

Dois pianistas tocaram Brahms impecavelmente, como se Vivienne estivesse acima deles. Em seguida, um solista apresentou melodias de vários dos musicais que minha mãe havia produzido. Umas duas vezes o público começou a cantar.

Finalmente, quando o serviço terminou, num dia muito quente de primavera, todos nos levantamos e cantamos a música favorita da minha mãe, "Jingle Bells". O que era tão incrivelmente *não* Vivienne que também acabou sendo perfeito. Do modo exato como ela sabia que seria. E eu fiquei feliz por ela. Minha mãe havia produzido um último sucesso.

Quando saímos da St. Bart's para as limusines, Michael me disse:

"Se tivessem servido coquetéis, poderia ter sido uma festa de reencontro de Vivienne Margaux. Como deveria ser."

"Eu adorei", disse eu, e o abracei. "Porque ela teria adorado."

Todo mundo que era alguém, ou fingia ser, estava lá. Não apenas Elsie e Mary-Louise e as pessoas do escritório. Mas atores, diretores, cenógrafos e coreógrafos famosos, ajudantes de palco e maquiadores. Todos lá para homenagear minha mãe e suas realizações, que foram muitas, incluindo me educar para ser eu.

Meu pai estava lá com sua esposa, Ellie, e, aos 48 anos, Ellie estava finalmente começando a parecer ter mais de 30. Ou talvez ela apenas tenha se vestido discretamente em homenagem a Vivienne.

Howard, meu padrasto, estava lá. E sóbrio. Ele me disse que nunca havia deixado de amar Vivienne.

"Eu também, Howard. Eu também", falei, dando um abraço nele. O antigo cabeleireiro da minha mãe, Jason de um nome só, estava presente. Como Vivienne, Jason era um testemunho do aperfeiçoamento da cirurgia plástica. E ele havia feito um último favor à minha mãe. Voou de Palm Springs para Nova York apenas para arrumar o cabelo dela.

Até Hugh McGrath apareceu. Ele apertou minha mão e me abraçou como se eu fosse uma ex-mulher. Disse que sentia muito por tudo. Eu quase acreditei nele, até que me lembrei, *Hugh é um ator*. E *Hugh é um filho da puta*.

A cerimônia fúnebre no cemitério do condado de Westchester foi comovente e breve, também de acordo com a orientação explícita de Vivienne. O celebrante nos lembrou que a vida era curta demais, que estávamos destinados a outro mundo além deste e que, sem dúvida, Vivienne produziria espetáculos no céu. Poucas palavras, mas o suficiente.

Depositei uma única rosa no caixão da minha mãe. Meu estilo. Rezei para que minha mãe estivesse em paz e, se estivesse olhando para baixo agora, para que tudo tivesse corrido como ela queria. *Eu usei rosa, mãe!* Então Michael pegou minha mão e começamos a andar.

"Precisamos conversar", disse ele, e um calafrio passou por mim.

78

O sol estava quente e luminoso, e iluminou o cemitério como se fosse um cenário. Os verdes das árvores, as cores vibrantes das flores, tudo parecia muito nítido, leve e certo. Então, por que eu estava estremecendo?

"Dia lindo", eu disse.

"Nem mesmo Deus mexeria com Vivienne." Michael sorriu. Ele afrouxou a gravata e tirou o paletó. O paletó ficou preso no seu dedo indicador, pendurado no ombro. Muito Michael, que sempre foi fiel a si mesmo.

"Então sabemos por que fui mandado de volta para Nova York", disse ele. "E por que eu tinha aqueles sentimentos sobre o hospital de Nova York e tudo o mais."

Concordei com a cabeça, mas não respondi nada.

"Eu estava aqui para ajudar sua mãe. Tenho quase certeza disso, Jane."

Parei de andar e olhei para ele.

"Mas você *ainda* está aqui."

Ele sorriu.

"É, parece que estou. A menos que eu realmente seja seu amigo imaginário. É possível."

Eu o cutuquei na barriga.

"Você sentiu isso?"

"Ai. Senti, sim. E me corto fazendo a barba com bastante regularidade agora."

Houve uma pausa. Michael semicerrou os olhos verdes contra o sol forte.

"Acho que estou aqui porque quero estar. E estou aqui porque você é a única pessoa que eu amei também. Estou aqui porque não suportaria deixá-la, Jane."

Eu me virei para ele, o coração transbordante, e nos aproximamos e nos beijamos suavemente. Foi perfeito.

"Eu tenho perguntas", eu disse quando nos separamos, "que precisam ser respondidas."

"Não sei se tenho respostas. Mas vou tentar, Jane."

"Tudo bem, então. Deixa eu começar com uma difícil. Você já conversou com, você sabe, *Deus?*"

Michael assentiu com a cabeça.

"Sim. Claro que sim. Muitas, muitas vezes. Infelizmente Ele nunca respondeu. Ele. Ela. O que seja. Próxima questão?"

"Então você acredita em...?"

Michael olhou em volta.

"Bem, de que outra forma explicar... tudo isso? Ou eu, claro? Ou nós? Raspadinhas, Pokémon, os Simpsons, o sistema judiciário dos Estados Unidos, iPhones."

"Entendo. Então você é um anjo?"

"Às vezes. Mas às vezes eu sou meio capeta." Ele sorriu, e seus olhos brilharam para mim. "Só estou tentando ser honesto."

Bati o pé. Eu *precisava* saber sobre isso.

"*Você é um anjo*, Michael?"

Ele olhou profundamente nos meus olhos.

"Eu honestamente não sei, Jane. Acho que sou como todo mundo. Não faço a menor ideia."

Ele me pegou nos braços de novo.

"Me veja, me sinta", ele sussurrou. "Nós chegamos até aqui."

Continuamos a caminhar.

235

"Michael, eu preciso perguntar outra coisa. Isso *realmente* tem me incomodado. Você sempre vai ter essa *aparência* que tem agora?"

"Excepcionalmente bonito, descontroladamente elegante, despenteado?"

"Basicamente, sim."

"Você quer dizer, se eu vou envelhecer um dia, Jane?"

"Sim."

"Eu sinceramente não sei."

"Bem, você precisa me prometer que não vamos apenas envelhecer juntos. Eu quero que nós realmente *pareçamos* estar envelhecendo juntos. Isso significaria muito para mim."

"Farei o possível para ficar enrugado e encurvado e vou dirigir um grande Buick preto."

"Obrigada", eu disse. "Vou fazer o mesmo. E quanto a dinheiro?", perguntei. "Como você consegue dinheiro?"

"Essa é fácil."

Michael estalou os dedos.

Nada aconteceu. Ele estalou de novo, franzindo a testa.

"Que estranho", ele murmurou.

Ele estalou de novo, e novamente nada aconteceu.

"Isso é assustador, na verdade. Normalmente é assim que eu consigo dinheiro para o dia a dia. E táxis quando está chovendo."

Ele tentou mais uma vez.

"Nada", disse ele. "Humm. Me cortar fazendo a barba é uma coisa. Bom, vou ter que arranjar um emprego. Talvez possa ser boxeador."

Cutuquei a barriga dele mais uma vez.

"Talvez não."

Por fim, fiz a pergunta mais difícil e a que mais me assustava.

"Você vai ficar comigo, Michael? Ou vai me deixar de novo? Apenas me diga. Me diga de uma vez por todas. É isso que vai acontecer?"

79

Michael revirou os olhos, o que fez com que eu me sentisse um pouco – apenas um pouco – melhor. Então uma careta cruzou seu rosto, e ele pôs a mão no peito.

"Jane?", ele disse, parecendo confuso. "*Jane?*" E então ele desabou no caminho de pedra por onde caminhávamos.

"Michael!". Caí de joelhos ao lado dele. "Michael, o que está acontecendo?! O que foi?! Michael!"

"Dor... meu peito", ele conseguiu dizer.

Comecei a gritar por socorro e, por sorte, algumas pessoas do funeral da minha mãe ainda estavam lá.

Elas vieram correndo.

"Chamem uma ambulância!", gritei, sem conseguir acreditar que aquilo estava acontecendo. "Acho que ele teve um ataque cardíaco. Por favor, chamem uma ambulância!"

Olhei de novo para Michael e vi que ele havia perdido a cor e estava suando muito. Afrouxei sua gravata e abri o botão de cima da camisa, que se soltou e caiu no chão. Como aquilo podia estar acontecendo, como podia acontecer agora? Achei que fosse perder o controle, ficar histérica e completamente inútil. Eu não deixaria isso acontecer.

"Michael, a ajuda está chegando. Uma ambulância. Aguente firme, está bem?"

"Jane", ele repetiu num sussurro.

"Por favor, não fale."

Michael parecia muito pálido, incrivelmente doente de repente, *do nada.*

"Chamamos a ambulância", avisou um homem de terno preto, que reconheci como alguém da funerária. "Eles estão a caminho. Tente relaxar, senhor. É melhor não falar."

"Jane", Michael disse de novo, parecendo meio fora de si. "Você tem olhos gentis."

Inclinei-me para perto dele.

"Por favor, Michael. *Shh.*"

Michael balançou a cabeça, e achei que ele tentaria se levantar, mas não o fez.

"Não faça isso. Eu preciso falar agora. Existem coisas que você precisa saber."

Peguei a mão de Michael e me aproximei ainda mais dele.

Havia uma multidão ao nosso redor agora, mas éramos apenas nós dois, ali, no chão. Só nós, como sempre.

Michael disse num sussurro rouco:

"Por anos eu rezei para ver você de novo... como adulta. Eu rezei para que isso acontecesse, Jane. Pensava muito nisso, queria que acontecesse. E então aconteceu. Alguém estava ouvindo. Isso é incrível, não é?"

"*Shhh*", eu sussurrei, sentindo lágrimas quentes brotando nos meus olhos. Mas Michael não se calou.

"Você é muito especial, Jane. Você entende isso? Entende? Eu preciso saber que sim."

"Sim", balancei a cabeça e falei o que ele queria ouvir. "Eu entendo você. Eu sou especial."

Michael sorriu então, e por um segundo se pareceu com ele mesmo de novo. Deu o sorriso mais incrível, caloroso, gentil e amoroso do mundo. Era um sorriso que tocava meu coração, que fazia isso quando eu era criança.

"Eu não fazia ideia do quanto eu iria te amar... e de como isso seria bom", disse ele. Ele apertou minha mão com força. "Eu amo você, Jane. Eu amo você. Sei que já falei isso, mas queria dizer de novo. *Eu amo você.*" Então, as lágrimas surgiram nos seus olhos. "Isso não é tão ruim", ponderou ele, com um sorrisinho estranho.

Então os olhos de Michael se fecharam.

80

Agora, eu preciso dizer que o que aconteceu a seguir não poderia ter acontecido, o que, eu sei, deve parecer loucura, considerando que *já* aconteceu.

Mas aqui vai.

Uma ambulância levou Michael para o hospital Northern Westchester. Segui logo atrás num carro da polícia. Um médico muito gentil chamado John Rodman me disse que Michael tinha obstrução nas quatro artérias do coração e que passaria por uma angioplastia imediata. Cirurgia cardíaca também era uma possibilidade. O médico queria saber coisas sobre Michael que eu simplesmente não sabia, como quantos anos ele tinha e se tivera problemas de coração antes.

Então o médico foi embora, e eu fiquei sozinha na sala de espera. Em pouco tempo outras pessoas começaram a entrar, parecendo tão nervosas e desconfortáveis quanto eu tinha certeza de que estava.

E é aqui que a coisa fica *realmente* estranha.

Uma das outras mulheres na sala – cabelo loiro claro, trinta e poucos anos, muito simpática, mesmo à primeira vista – levantou-se para beber água no bebedouro e depois se aproximou de mim.

"Posso me sentar?", ela perguntou. Balancei a cabeça entorpecida, e ela se sentou na cadeira ao meu lado. "Sou uma amiga de Michael", ela disse, o que me fez levantar a cabeça. Olhei para o rosto gentil e franco dela. "Todos nós somos." Ela fez um gesto apontando para as outras pessoas na sala de espera, que olharam para mim e acenaram com a cabeça calorosamente. "Nós somos *aquele* tipo de amigo. Imaginário?"

"Ah." Fiquei sem palavras por um momento, olhando para todos eles e depois de volta para a mulher.

"Eu sou Jane."

"Sim, eu sei. Bem, Jane, todos amamos Michael. Como ele está? Você sabe o que está acontecendo?"

"Tem um bloqueio no coração dele", eu disse. "Quatro artérias."

A mulher sacudiu a cabeça.

"Isso é... muito estranho. A propósito, sou Blythe."

"Não é estranho, considerando o que ele come", eu disse, irônica.

Ela deu um leve sorriso.

"Mas, Jane, nós não ficamos doentes. Nenhum de nós. Nunca. Então, sim, é estranho. Algo totalmente inesperado, totalmente bizarro, está acontecendo aqui."

Pensei no nosso caso de amor condenado e balancei a cabeça.

"Você não faz ideia."

Blythe segurou minha mão na dela. Ela era muito doce, já uma amiga perfeita.

"Na verdade, faço, sim. Michael tem falado sobre você. Ele nunca para de falar sobre você. Todos nós aprovamos, não que vocês precisem da nossa aprovação, mas nós aprovamos. Nunca vimos Michael tão feliz. Nós gostamos de você, Jane."

Então, ficamos sentadas juntas, Blythe e eu, minha nova amiga imaginária, e esperamos, nos preocupamos e sentimos medo. Por fim, o dr. Rodman apareceu e veio na minha direção. Não havia como interpretar sua expressão, mas ele definitivamente não estava sorrindo. Senti meu coração se contrair dolorosamente e a garganta ficar seca.

Desesperada, me virei para Blythe, e ela balançou a cabeça.

"O médico não pode nos ver."

Ah, tudo bem. Claro que não. Eu sou a única louca aqui com amigos imaginários. Aos 32 anos.

"Jane", disse o dr. Rodman. "Pode vir comigo? Isso é um pouco estranho. Por favor, venha."

81

Michael observou Jane entrando na sala de recuperação com o médico. Esta era outra novidade... *o médico dele.* Michael nunca tinha ficado doente um dia na sua vida, nunca tinha sido examinado por um médico. Certamente nunca tinha passado por um procedimento cardíaco. E, ah, mais uma coisa: ele nunca tinha ficado louco de medo assim antes.

Não quanto a morrer: estava tranquilo quanto a isso, mais ou menos. Cautelosamente otimista, de qualquer maneira.

Mas havia acabado de reencontrar Jane e não queria perdê-la por nenhum motivo. Ele *não podia* perder Jane.

"Oi", ela disse, e ele deu um sorriso fraco.

Adorava o som da voz dela.

"Oi. Deve parecer que eu fui atropelado por um caminhão em alta velocidade. A sensação é essa."

"Você está ótimo. Para alguém que foi atropelado por um caminhão."

O médico deu um tapinha no ombro de Jane e saiu. Jane se aproximou da cama de Michael, se abaixou e beijou sua testa. De repente, ele se lembrou de ter feito exatamente a mesma coisa com Jane quando ela tinha oito anos. Ele a lembrou disso.

"Estamos na mesma sintonia, Michael. Claro que *me lembro*", Jane respondeu, e sorriu. "Eu disse que nunca iria esquecer você."

Então os dois deram as mãos, todas as quatro mãos entrelaçadas.

"Seu médico está num leve choque porque você saiu da anestesia muito rápido. Tipo, rápido *demais*."

Michael encolheu os ombros.

"Não sei por quê. Mas o que aconteceu comigo?"

Jane voltou a sorrir, e Michael se sentiu melhor.

"O que aconteceu com você é muita comida gordurosa, muita porcaria, só Deus sabe por quanto tempo. E quero dizer isso literalmente. Mas aqui vai a boa notícia."

"Estou ouvindo."

"Você tem um *coração*, Michael. Você poderia ter morrido. Você é humano, Michael. *Você é humano.*"

O rosto dela estava iluminado por uma alegria interior.

"Então, deixe-me ver se entendi bem", refletiu Michael. "O grande lance de ser humano é que a gente pode morrer?"

"Viver e morrer", disse Jane. "Mas, sim, é basicamente isso. O grande lance."

E então Michael e Jane começaram a chorar e agarraram um ao outro com muita força.

"Isso", ele finalmente conseguiu dizer, "o que aconteceu hoje, *é* um milagre."

82

Já que estamos falando de milagres, pense nisto:

Não é só porque a vida é difícil e sempre termina mal que todas as histórias devem acabar assim, mesmo que seja isso que nos digam na escola e no *New York Times Book Review*. Na verdade, é bom que as histórias sejam tão diferentes quanto nós somos uns dos outros.

Então, eis como esta termina: *alegre*, preciso avisar.

Enormes holofotes iluminam o céu noturno de Manhattan, sinalizando se tratar de um grande negócio. As pessoas agitam canetas e pedaços de papel, gritando por autógrafos dos atores. A polícia contém a multidão na Sexta Avenida e na Rua 54. É muito legal. É um barato genuíno.

Meu estômago está um nó, mas eu sorrio como se estivesse tranquila e passo pelos paparazzi para entrar no cinema.

Estou usando um vestido de cetim vermelho. Ele fica um pouco agarrado nos quadris e alarga na parte inferior. Mas eu estou linda e sei disso. Mais ou menos. Na minha própria maneira de saber essas coisas e me sentir bem comigo mesma, coisa em que estou lentamente melhorando.

Enquanto caminho pelo corredor até meu assento, quase posso ouvir minha mãe dizendo:

"Ah, Jane-Querida, um vestido chique como esse merece joias melhores. Por que você não foi ao meu cofre e escolheu algo bonito? Você parece tão... incompleta."

Quase digo em voz alta: "Mamãe, por favor, *não esta noite*".

Deslizo para a terceira fileira, sozinha. Isso não é um problema, no entanto. Dou conta disso. Sou adulta.

Então vejo Michael. Ele está um escândalo, a forma como ele *escandalosamente* desce pelo corredor e se senta no lugar vazio ao lado do meu.

"Consegui", diz ele.

"Estou uma pilha de nervos", digo, como se ele não soubesse.

Ele me dá um abraço e meus nervos se acalmam no mesmo instante. Um pouco. Ele é reconfortante, sexy, doce – tudo junto.

"Muito bem, agora estou com os nervos em frangalhos por estar perdidamente apaixonada por um homem que pode ou não ser real."

Michael me cutuca de leve no lado. O cutucão é algo que andamos fazendo por esses dias.

"Está bem, você é real", digo.

As luzes da casa finalmente se apagam, e o filme começa. As pessoas na plateia aplaudem imediatamente, mas sei que todos são convidados do estúdio e das agências de relações públicas, então não conta.

"Eles estão adorando!", Michael diz.

"Ainda não começou."

Um letreiro de título preenche a tela:

"Jane Margaux, em associação com a ViMar Productions, apresenta *Graças aos céus*."

Mais aplausos, muito apreciados.

Eu me inclino para Michael e digo:

"A música está incrível, pelo menos".

Violinos e alguns sopros. Perfeita para apresentar a primeira cena dessa comédia leve e agradável.

Uma câmera atravessa uma multidão, depois se aproxima de uma mesa no Astor Court do St. Regis Hotel. A cena foi realmente filmada no St. Regis. Uma adorável garotinha está sentada à mesa. A câmera permanece nela por um momento e nos permite conhecê-la. Bochechas vermelhas como maçãs. Um sorriso irresistível. Em seguida, a câmera continua e captura seu companheiro, um homem bonito, de cerca de trinta anos. É difícil dizer com certeza. Mas ele é definitivamente um astro.

"Então, o que vai ser?", ele pergunta.

"Você sabe", diz a garota.

"Eu sei. Sorvete de café com calda de chocolate quente."

O ator que desempenha o papel é perfeito para ele.

É um desconhecido, que acabei de descobrir.

Além disso, ele precisava de trabalho.

É Michael, interpretando Michael. Quem mais poderia ser?

Eu o vejo na tela enquanto seguro sua mão na plateia, e acho que tudo na vida é meio irreal, não é?

E então começo a pensar (é tão impossível imaginar ou acreditar?) que um homem e uma mulher podem encontrar a felicidade juntos por um tempo, o que, afinal, é tudo o que temos. Tudo o que qualquer um tem.

Eu acho que isso pode acontecer. Aconteceu comigo, Jane-Querida, então provavelmente pode acontecer com qualquer pessoa.

A propósito, o público adorou *Graças aos céus*.

EPÍLOGO

Morangos com chantili

83

Michael estava sentado a uma mesa no Astor Court no St. Regis com uma menina de quatro anos absolutamente adorável chamada Agatha, que preferia ser chamada de Aggie.

Aggie era a mais recente missão de Michael, e, embora ele sempre tentasse fazer algo novo e diferente com cada uma das suas crianças, ele não resistia ao St. Regis numa tarde de domingo. Aquele lugar estava cheio de boas lembranças, certo?

O garçom colocou uma tigela de bolas de melão e sorvete de limão na frente dele.

"Muito obrigado", disse Michael, como se o garçom lhe tivesse feito um grande favor, no que Michael acreditava sinceramente, já que fazia seu trabalho tão bem.

O garçom já havia dado a Aggie seu sundae – morangos com chantili sobre sorvete de morango com um pouco de geleia de morango.

"Você é tão *menina*", Michael brincou com ela.

"Eu *sou* uma menina, seu bobo", disse Aggie, que tinha o sorriso mais incrível para combinar com seus lindos olhos verdes.

Michael sentiu-se tentado a ensinar-lhe algo que chamaria de jogo Aggie-e-Michael, mas resistiu ao impulso. Ele precisava de algo ainda melhor para Aggie, e lá vinha agora.

"Aggie, *olhe*!"

Jane levara o filho de um ano, Jack, ao banheiro, e os dois tinham acabado de voltar ao Astor Court e agora atravessavam apressadamente o restaurante. Jack estava apontando para o teto e exclamando "uz, uz", que era sua palavra para "luz", ou qualquer outra coisa de que gostasse muito.

"Aí vêm a mamãe e o Jack!", exclamou Michael, e sentiu o coração disparar de excitação, como sempre acontecia.

Ele se sentia muito sortudo, muito afortunado, muito *abençoado* por ter Jane e aquela família.

"Agora podemos brincar de bobinho", disse Aggie, rindo. "E você é o bobinho, papai. Está bem?"

"Tudo bem", disse Michael, "só que precisamos de uma bola para esse jogo. Mas é claro que sou o bobinho. Eu sou meio tonto, não sou?"

Então ele se virou para Jane, sorriu e sussurrou, apenas para ela:

"Senti sua falta. Sempre sinto sua falta."

"Também senti sua falta. Mas agora estou aqui", disse Jane.

"Estamos todos aqui, nós quatro. E não há nada no mundo que seja melhor do que isso. Nada que eu pudesse imaginar nos meus sonhos mais loucos."

Jane sentou-se à mesa, mergulhou uma colher no seu sundae – calda quente sobre sorvete de café – e deu a Jack a primeira prova desse delicioso doce.

"Uz!", o garotinho exclamou.

Com afeto,
James Patterson
Gabrielle Charbonnet

FONTES Tiempos Text, Quotes Script
PAPEL Chambril Avena 80 g/m²
IMPRESSÃO Imprensa da Fé